Sommer & Winter im Bilde

Reime

Sommer & Winter im Bilde

Birgit Hufnagl

Reime

www.net-verlag.de
Erste Auflage 2020

Covergestaltung und Korrektorat: net-Verlag

printed in the EU
ISBN 978-3-95720-289-5

Liebe Leser,

sollten Sie Fehler finden,

dann ließ das Korrekturprogramm Buchstaben

verschwinden,

oder es ignorierte irgendwelche Eingaben,

die die Korrekturleser gewiss gemacht haben!

Jeder kann ja mal den Faden verlieren.

Sie dürfen's gern für sich nochmals korrigieren!

Haushaltshilfe WINTER und Doktor SOMMER

Haushaltshilfe WINTER trällert von SOMMERliebe im
WINTERgarten
gemeinsam mit Doktor SOMMER vor dessen
WINTERharten
Pflanzen. WINTERgemüse, WINTERwicken und Bauer
SOMMERachs WINTERweizen
können sie mit Gesang gegen WINTERende reizen!
SOMMER singt vorm WINTERjasmin unter WINTERs
SOMMERhut
von WINTERdepression und dass WINTERekzeme
medikamentös gut
behandelbar sind! WINTER beizt WINTERweizen von
SOMMERach.
Die SOMMERlieder stören Bienenvölker von Imker
WINTERbach
bei der WINTERruhe. WINTERbach verzeichnet sehr große
WINTERverluste! WINTER bringt Spritzmittel auf ihre
SOMMERhose,
den SOMMERpullover und die SOMMERsprossen im
Gesicht.
WINTER bekommt Haarausfall. SOMMER vertont ein
SOMMERgedicht.

Haushaltshilfe WINTER und Doktor SOMMER am ABEND

Haushaltshilfe WINTER und Doktor SOMMER bewundern ABENDsterne
am Balkon. Unten lackiert Maler ABENDbach gerne
mit Sprühlacken in der ABENDluft.
ABENDbach besprüht respektlos sein ABENDduft-Leimkraut. Nachbar BrABENDer, der im ABENDanzug
ABENDbach überwacht, hat vom Lackgestank genug
und stört Hausmeister ABENDschein beim allABENDlichen ABENDgebet
vorm ABENDmahl, woraufhin ABENDschein zu ABENDbach geht
und ihm mit der Wohnungskündigung droht!
In der ABENDkühle bei stimmungsvollem ABENDrot
besprüht ABENDbach ABENDschein mit Sprühlacken.
WINTER hilft ABENDbach beim Zusammenpacken
am SamstagABEND. Hauseigentümer FeyerABEND kündigte ABENDbach!
SOMMER klaut im ABENDnebel das schwach
nach Lack riechende, weißblühende ABENDduft-Leimkraut,
als ABENDbach in extravaganten ABENDschuhen abhaut.

Haushaltshilfe WINTER und Doktor SOMMER am BRUNNEN

Doktor SOMMERs Haushaltshilfe WINTER bietet mehreren
BRUNNENbauern
BRUNNENkresse an, die bei BRUNNENgeplätscher
BRUNNENwasser, BRUNNENmauern,
BRUNNENtechnik und BRUNNENpumpen überprüfen und
skeptisch schauen.
»Man müsste neue MarktBRUNNEN und BRUNNENzuflüsse
bauen«,
murmelt ein BRUNNENingenieur. Im »SpringBRUNNEN
BRUNNENhof-West«
und im FischBRUNNEN finden sie beim Wassertest
Lösungsmittel. BRUNNENingenieure und BRUNNENbauer
kippen
ZierBRUNNENklärer in BRUNNENbecken und nippen
an Wasserflaschen eines bekannten HeilwasserBRUNNENs
vor BRUNNENrohren.
Neue BohrBRUNNEN wegen der toten Fische bohren
sie gewiss nicht, meinen BRUNNENbauer am
BRUNNENrand.
SOMMER spuckt angefeuchtete BRUNNENkressetriebe
gegen die BRUNNENwand!

Haushaltshilfe WINTER und Doktor SOMMER am GLETSCHER

GLETSCHERführer Rudolf ist alles andere als froh!
Doktor SOMMERs Haushaltshilfe WINTER will einen GLETSCHERfloh
fotografieren, der angeblich unter einer GLETSCHERleiter lauert.
WINTER verliert GLETSCHERbrille, GLETSCHERkarte und GLETSCHERcreme, trauert
um ihre GLETSCHERausrüstung am GLETSCHERrand und fällt
ins GLETSCHERwasser, was Rudolf vor Probleme stellt.
SOMMER starrt auf seine GLETSCHERbahn in Miniatur
und bewältigt den GLETSCHERerlebnisweg auf der GLETSCHERtour
auf allen vieren. Rudolf schmiert heimlich Blut
eines toten Murmeltiers, das stinkt, mit Wut
auf seine angeblich verletzte Hand, wendet
und erklärt die GLETSCHERwanderung als beendet!
Wobei er sehr heftig mit sich ringt,
bevor er seine GLETSCHERgänger zur GLETSCHERbahn bringt.

Haushaltshilfe WINTER und Doktor SOMMER am HÖRER

Doktor SOMMERs Haushaltshilfe WINTER darf eine HÖRERsendung
mitmoderieren! SOMMER fragt, ob ein ZuHÖRER Verwendung
für WINTER inklusive HÖRERausweis mit selbstgemalten HÖRERsymbolen
hätte? Jener könnte sie beim HÖRERfest abholen.
SOMMER kann HÖRERwartung aufbauen, ist gut gelaunt
und über HÖRERtypen und eigene VerHÖRER erstaunt.
WINTER startet am HÖRERtelefon eine wichtige HÖRERumfrage:
ob das HÖRERfest stattfinden soll, trotz Mückenplage?
Zwei HÖRERinnen wollen selbstgemachtes Insektenspray mit Kräutern
und Teebaumöl für StammHÖRER mitbringen und erläutern
stundenlang haarklein am HÖRERtelefon die Inhaltsstoffe ausführlich.
SOMMER will Mückenstich-Notfälle behandeln. Gratis natürlich!

Haushaltshilfe WINTER und Doktor SOMMER am MITTAG

Doktor SOMMER behandelt in der MITTAGspause
selbstvergessen
Patienten. Haushaltshilfe WINTER bestellte vorMITTAGs
das MITTAGessen,
das der MITTAGSkurier zur MITTAGsstunde kalt abstellt!
WINTER beteiligt sich beim MITTAGsmagazin
»MITTAGs-Reisewelt«
und gewinnt eine Reise ins Südtiroler MITTAGstal!
Allerdings muss sie in sechzig Minuten total
schnell in der MITTAGshitze den MITTAGszug erwischen –
dann darf WINTER als spontaner MITTAGsgast mitmischen!
WINTER vergisst SOMMER und MITTAGsmenüs. Den
MITTAGszug
erwischt sie, trotz MITTAGswind! Als sie genug
Zeit hat, um SOMMER anzurufen, im MITTAGstrubel,
streikt das Mobiltelefon. WINTER denkt beim Jubel
an MITTAGsschichten und ans MITTAGsgericht im
MITTAGslicht.
Stellte sie's auf die Herdplatte – oder nicht?

Haushaltshilfe WINTER und Doktor SOMMER am MORGEN

Doktor SOMMERs Haushaltshilfe WINTER lernt Christian MORGENstern-
Gedichte am SamstagMORGEN beim MORGENdlichen Duschen, fern
von MORGENkaffee und SOMMER, auswendig. Die MORGENpost
wird ausgeliefert. Bei SOMMERs MORGENdlicher, veganer Kost
fehlen Kaffeepulver vom MORGENkaffee, MORGENbrot, MORGENbrei,
MORGENzeitungen, der MORGENtratsch mit MORGENmuffeln und allerlei
andere Dinge vom typischen SamstagMORGEN,
die SOMMER vorm MORGENregen besorgen
will. SOMMER geht zum Einkaufsmarkt,
während der Postbote unten parkt
und beim MORGENregen mit MORGENpost Sturm klingelt
bei SOMMER und WINTER! Der Duschschlauch ringelt
sich bei dieser MORGENdusche um WINTERs Gedichtband.
WINTER rezitiert MORGENstern, greift mit einer Hand
nach Handtüchern und rutscht aus. Ihre MORGENgrüße
verebben. SOMMER hasst MORGENregen und nasse Füße!

Haushaltshilfe WINTER und Doktor SOMMER am NIL

Haushaltshilfe WINTER und Doktor SOMMER haben
garantiert
gereinigtes NILwasser in NILfarbe vom NILbecken probiert
auf ihrer NILkreuzfahrt! WINTER zückt
ihre Kamara – ein NILkrokodil drückt
gegen Seitenwände eines Glasbeckens. Ein seNILer KNILch
kippt zwischen NILbrücken sein gereinigtes NILwasser,
VaNILlemilch
und VaNILlesoße zum kleinen NILkrokodil im Becken,
klaut einem NILbewohner vorm NILhafen einen Stecken
und klopft gegen den Schwanz
des NILkrokodils, das sich ganz
unerwartet über den Rand des Glasbeckens hinauskatapultiert!
WINTER flüchtet. SOMMER bekommt soeben NILbarsch
serviert.

Haushaltshilfe WINTER und Doktor SOMMER am UFER

Haushaltshilfe WINTER und Doktor SOMMER nächtigen
in UFERtingers UFERpalast! Von einer trächtigen
Kuh im UFERnahen Bereich vorm UFERwanderweg knipst
SOMMER Fotos, während Herr UFERtinger WINTER
anstipst
und ihr UFERgräser, UFERschwalben, UFERgehölze,
UFERkäfer
neben dem UFERgrundstück und UFERhallen vom Schäfer
zeigt! Hinter der Kuh traben LäUFER,
und ein BlumenverkäUFER schüttet einem
ImmobilienkäUFER
Wasser übers Sakko. Im UFERschatten
gleitet die Kuh auf UFERmatten
aus, und ein wütender Bauer
erscheint postwendend hinter der UFERmauer
und bringt fuchsteufelswild sein Gewehr in Anschlag,
direkt vor SOMMER und Schildern vom LäUFERtag!

Haushaltshilfe WINTER und Doktor SOMMER am VULKAN

Haushaltshilfe WINTER fotografiert Doktor SOMMER vorm VULKANsee
auf der VULKANinsel vor VULKANologen! Den Nachmittagstee
wollen sie später unter VULKANpalmen einnehmen.
SOMMER und WINTER folgen VULKANforscherinnen in unbequemen
Wanderschuhen durch die VULKANlandschaft über VULKANasche.
WINTER verliert auf VULKANgestein ihre Trinkflasche
aus Glas! Sie sammelt Glasteile
und VULKANasche ganz ohne Eile
zusammen, hört im Nebel VULKANologinnen schnattern,
spürt im Rumpf ein heftiges Nervenflattern
und muss dringend mal wohin!
SOMMER referiert über den Unsinn
von VULKANversicherungen und stolpert genau am VULKANkrater!
Beim Nachmittagstee massiert ein VULKANforscher seinen Muskelkater.
Er registriert SOMMERs und WINTERs leere Plätze.
Die beklagten am VULKANsee schon die Hetze.

Haushaltshilfe WINTER und Doktor SOMMER am ZIEL

Doktor SOMMERs Haushaltshilfe WINTER erZIELt mit
ZIELwasser,
das sie ZIELfahndern und ZIELcoach und Hundehasser
ZIELbaum geZIELt und ZIELsicher verkauft, ihre
ZIELpreise.
ZIELfahnder ZIELbauers Schäferhündin »ZIELinski« knurrt
ZIELgerichtet leise
ZIELbaums Tasche mit aufgedruckten ZIELfernrohren und
ZIELscheiben
an, während andere ZIELfahnder ZIELbaum ZIELpersonen
beschreiben.
ZIELbauer erzählt ZIELbaum von LeistungsZIELen,
ZIELformulierungen, FernreiseZIELen,
ZIELkäufen, Hormonen, die ZIELzellen aktivieren und
ZIELwurfspielen.
SOMMER will gesperrte ZIELrufnummern erreichen,
als »ZIELinski« plötzlich zum Steinerweichen
heult! »ZIELinski« hat ZIELstrebig und gewitzt
Würstchen aus ZIELbaums geöffneter Tasche stiebitzt
und Würste verschlungen; mitsamt Schneckenkorn und
Rasierklingen!
ZIELfahnder ZIELbauer würde ZIELbaum am liebsten
umbringen
und ZIELt eiskalt mit einem Gewehr
auf ZIELbaum! ZIELbaums Gesichtsausdruck ist leer.

Haushaltshilfe WINTER und Doktor SOMMER auf ACHSE

Haushaltshilfe WINTER und Doktor SOMMER besichtigen RadACHSEn
nach ACHSEnbrüchen, ACHSEnklemmringe und ACHSEnfett in SACHSEn
bei einer schnellwACHSEnden ACHSEnfabrik. WINTER riecht
ACHSElschweiß vom ACHSEnhersteller neben SOMMER und kriecht
den beiden zur ACHSEntlüftung eines Unimogs hinterdrein.
Gerade, als der ACHSEnhersteller über ACHSEnklemmkappen, WACHSEin
und ACHSEnfehlstellungen an Armen spricht
und dabei ErwACHSEnenbildungseinrichtungen erwähnt, bricht
Feuer während der ACHSEinstellung in der ACHSEnfabrik
aus! Der hochgewACHSEne ACHSEnhersteller ist etwas dick
und bleibt mitsamt ACHSElpads unterm Unimog hängen.
SOMMER, WINTER und etliche junge ErwACHSEne drängen
zum Ausgang, wo überwACHSEnde Sträucher ranken.
SOMMER fährt hinters ErwACHSEnenbildungsinstitut zum Tanken.

Haushaltshilfe WINTER und Doktor SOMMER auf FERSEN

Doktor SOMMERs Haushaltshilfe WINTER läuft in türkisen
FERSENlosen Schuhe mit FERSENbandagen fröhlich über
Wiesen,
aber nicht allein! SOMMER trainiert den Rückwärtslauf
mit FERSENentlastungsorthesen in
FERSENentlastungsschuhen nach einem Fehlkauf
von FERSENkeilen! Etliche FERSENläufer traben, mit
FERSENfeilen
in den Händen, in FERSENentlastungsschuhen den steilen
Schuttberg rückwärts hinauf. FERSENgeher mit
FERSENpflastern
und FERSENrissen erhalten FERSENmassagen neben drei
Lastern
mit der Aufschrift »Wetten, dass …?«! SOMMER bot
eine Stadtwette in FERSENentlastungsschuhen an! Mit
Hundekot
auf ihren FERSENfettpolstern stoppen zwei FERSENgeher
erheitert.
Erklärt der Showmaster SOMMERs Wette als gescheitert?

Haushaltshilfe WINTER und Doktor SOMMER auf MARSCH

Doktor SOMMERs Haushaltshilfe WINTER MARSCHiert beim NachtMARSCH
mit MARSCHrucksäcken hinter SOMMER, der als LahMARSCH
weder MARSCHtempo noch die MARSCHtuba gescheit halten kann und sich über AbMARSCHzeit, MARSCHgepäck, die MARSCHtabelle und die wenigen MARSCHpausen
aufregt, während andere MARSCHierer im EilMARSCH vorbeisausen.
SOMMER erklärt WINTER den MARSCHkompass, die MARSCHdistanz
und die MARSCHzeitberechnung, als beide plötzlich ganz allein im MARSCHland dahinMARSCHieren, SOMMER MARSCHskizzen, MARSCHrouten
und MARSCHlinien neu anfertigt und seine guten MARSCHstiefel Sohlenstücke verlieren, während WINTER prompt
beim WeiterMARSCHieren MARSCHfrakturen im Mittelfußknochen bekommt!
SOMMER verordnet WINTER kolumbianisches MARSCHierpulver, nämlich Kokain,
als lahMARSCHige MARSCHiererinnen einer MARSCHgruppe aus Wien
zufällig vorbeiMARSCHieren. SOMMER verkauft der ganzen MARSCHkolonne
MARSCHierpulver! WINTER tanzt MARSCHwalzer in der Morgensonne.

Haushaltshilfe WINTER und Doktor SOMMER außer KONTROLLE

Doktor SOMMER übernimmt seine zahnärztliche
KONTROLLE selber.
Nach einer augenärztlichen KONTROLLE schimmern sie
gelber
denn je, findet SOMMER, der leicht
verschwommen sieht. Er schleicht und erreicht
eine VerkehrsKONTROLLE, die
LagerbestandsKONTROLLEure vor SOMMER herauswinkt.
Weil's über dem Schild »HöhenKONTROLLE« rot blinkt,
übersieht er KONTROLLEinheiten für Verkehrswege,
schlingert und landet im Wildgehege
auf dem Autodach! Zwei Männer der KONTROLLEinheiten
fotografieren einen zahnlosen SOMMER von allen Seiten.
LagerbestandsKONTROLLEure verbreiten's über Twitter,
und zwar sofort!
SOMMERs Haushaltshilfe WINTER eilt sogleich zum
Unglücksort.

Haushaltshilfe WINTER und Doktor SOMMER beim KAISER

Doktor SOMMER fotografiert Haushaltshilfe WINTER
»oben ohne«
am KAISERthron im KAISERpalast. Eine riesige
KAISERkrone
thront auf WINTERs Kopf, sie umklammert
KAISERurkunden,
und »des KAISERs neue Kleider« sind verschwunden
an ihrem Unterleib! Bei bestem KAISERwetter verließen
beide die Palastführung. SOMMER will Bilder schießen!
WINTER lässt die KAISERsemmel sinken.
Zwei Palastführer in KAISERmänteln winken
ihr zu, was sie im Spiegel sieht.
WINTER hopst mitsamt KAISERkrone vom KAISERthron,
flieht
durchs Fenster und landet mitten im KAISERweiher –
splitternackt! SOMMER fotografiert am KAISERsee mehrere
Reiher,
während Palastführer KAISERmäntel über WINTER
schmeißen
und sich darüber ihre Mäuler zerreißen!

Haushaltshilfe WINTER und Doktor SOMMER beim MALER

Haushaltshilfe WINTER und Doktor SOMMER kaufen MALERhüte,
MALERfarbe, MALERpinsel, MALERleitern und MALERstelzen erster Güte
in MALERmeister WINTERscheids MALERfachgeschäft, der im MALERgesangsverein
im MALERoverall in maxiMALER Größe ein klein
wenig falsch neben MALERgehilfen vor BühnenMALERinnen singt.
Vorm MALERladen wird WINTER von Hunden umringt,
als sie in norMALER MALERlatzhose
in MALERweiß neben MALERleitern große
Schritte auf den MALERstelzen probt.
MALERmeister WINTERscheids schMALER Windhund tobt
unter SOMMER, der eine MALERleiter erklimmt
und MALERschwämme, MALERkreppband und MALERspachteln verstimmt
von oben auf den Köter schmeißt!
Zwischen MALEReimern und WINTERscheids Schaufenster reißt
WINTERs Hosenträger bei miniMALER Spannung!
SOMMER verliert
MALERspachteln, während WINTER WINTERscheids
zertrümmertes Schaufenster ziert.

Haushaltshilfe WINTER und Doktor SOMMER beim TAUSCH

Haushaltshilfe WINTER und Doktor SOMMER organisieren
TAUSCHstunden
für TAUSCHgüter, TAUSCHwohnungen und
WissensausTAUSCH am runden
Tisch! Der TAUSCHwütige SOMMER verTAUSCHt
heimlich Hausschlüssel von TAUSCHbörsennutzerinnen,
lauscht
Kollegen RossTAUSCHer, der begeistert vom
FrauenTAUSCH erzählt,
unterzeichnet TAUSCHhandelsabkommen, stibitzt
unbeaufsichtigte TAUSCHobjekte und quält
AusTAUSCHschülerinnen mit den UmTAUSCHrechten in
einer TAUSCHzentrale,
die er nach dem AdressenausTAUSCH mehrere Male
vorliest. WINTER TAUSCHt unauffällig Brieftaschen in
Jacken.
Nach einem einschläfernden Vortrag übers
DatenausTAUSCHverbesserungsgesetz packen
SOMMER und WINTER TAUSCHwaren und ihre
Siebensachen.
Sie wollen eine extrem lange SOMMERexpedition machen!

Haushaltshilfe WINTER und Doktor SOMMER ESSEN

Haushaltshilfe WINTER reinigt SaftprESSEN.
WährenddESSEN köchelt AbendESSEN
am Herd. Doktor SOMMER beschwört wie beSESSEN
im mottenzerfrESSENen Pullover GartenzyprESSEN zu
unbegrenztem Wachstum.
Nachbar ESSENbachers Besucher aus HESSEN lauschen
stumm
im Nachbargarten bei SOMMERlicher Hitze unter
SOMMERmützen,
dass SOMMER die KonzerninterESSEN von
Düngemittelherstellern unterstützen
will, deshalb SOMMERdünger ordert und keine
angefrESSENen
Tulpen im SOMMERgarten duldet. Seine halb gegESSENen
Bananenbrocken landen auf SOMMERblumen, und WINTER
gesellt
sich dazu. Als Nachbar ESSENbacher ESSENerbrot vorstellt,
schlagen zur ESSENszeit Rauchwolken und »verkokelte«
ESSENsgerüche
unterdESSEN vom vergESSENen NachtESSEN aus der
Küche
ins Freie! Schornsteinfeger ESSENdorfer zeigt ein
ESSENkehrgerät
und erklärt jede Hilfe für zu spät.

Haushaltshilfe WINTER und Doktor SOMMER FAHREN

Haushaltshilfe WINTER und Doktor SOMMER FAHREN
heiter
rennradFAHRENden, FAHRENden Musikanten und dem
unerFAHRENen Reiseleiter
FAHRENbach hinterher. Beim VorbeiFAHREN an einer
geFAHRENträchtigen
Stelle überFAHREN FAHRENbach und SOMMER die
prächtigen
Rosen auf der Verkehrsinsel, während FAHRENde
Musikanten
im VorbeiFAHREN FAHRENtfernungen berechnen und den
bekannten,
Klapprad FAHRENden Radprofis, die ihnen davonFAHREN,
hinterherpfeifen.
WINTER hasst seit dem LosFAHREN die steifen
Schuhsohlen mitsamt Klickpedalen. FAHRENbach erzählt
beim DurchFAHREN
einer Ortschaft, in der EinzelzeitFAHREN mit unklaren
Streckenführungen stattfinden, von GeFAHREN beim
WallFAHREN, GeFAHRENsymbolen
und GerichtsverFAHREN, als zwei zeitFAHRENde
Rennradfahrer überholen.
SOMMERs abgeFAHRENe Reifen verlieren Luft, und
FAHRENbach
bemerkt beim WeiterFAHREN, wie WINTER plötzlich flach
atmet. FAHRENde Musikanten wollen das ZeitFAHREN
versuchen,
FAHREN den Wettkampffahrern dazwischen, und alle
fluchen!
FAHRENbach denkt an WasserheilverFAHREN und wünscht
GeFAHRENzulagen.
Während des DavonFAHRENs will er danach fragen.

Haushaltshilfe WINTER und Doktor SOMMER FINDEN

Haushaltshilfe WINTER und Doktor SOMMER FINDEN
tote
Vögel um Bauer SOMMERachs Felder, der rote
Zahlen mit extrem schlechtem AllgemeinbeFINDEN am heute
stattFINDENden Hoftag schreibt. Plötzlich beFINDEN sich
Leute
in SOMMERachs SOMMERkeller, die besonders schwer
zu FINDENde Unkrautvernichtungsmittel aus Polen sehr
schnell aufFINDEN und die ein ausgeprägtes
RechtsempFINDEN
besitzen. SOMMERach verspürt MissbeFINDEN. Er muss
verschwinden!
Während Journalist FINDENig mit LustempFINDEN alles
protokolliert
und SOMMER den Tod der Vögel attestiert,
ist SOMMERach nicht aufzuFINDEN. WINTER und
FINDENig
FINDEN ihn viel später baumelnd am Strick.

Haushaltshilfe WINTER und Doktor SOMMER GRILLEN

Nachbarin GRILLENburg lädt Doktor SOMMER zum GRILLEN
von GRILLENten bei GRILLENgesang ein. Im stillen Wäldchen zwischen GRILLENdamm und Bauer SOMMERachs Anwesen
bestellen sie GRILLENlarven und MaulwurfsGRILLEN und lesen
AmeisenGRILLEN auf. Heimlich organisieren sie bei SOMMERach
im SOMMERgewitter eine GRILLENplage! Mit viel Krach versprüht SOMMERach Insektizide. In der Villa GRILLENmeier
verzehrt Haushälterin WINTER mit GRILLENmeier zur Feier
des Tages getrocknete GRILLEN, ebenfalls am GRILLENdamm,
inklusive GRILLENkonzert vorm GRILLENkäfig, auf einem Baumstamm
sitzend. Beide kosten GRILLENmehl und sprechen
über GRILLENzucht. Dann muss GRILLENmeier brechen.

Haushaltshilfe WINTER und Doktor SOMMER hinter ZEMENT

Doktor SOMMER transportiert mit Haushaltshilfe WINTER ZEMENTbodenfliesen
hinter ZEMENTgrauen ZEMENTtransportern eines ZEMENTwerks. Beide niesen
ständig. SOMMER erklärt WINTER, dass ZEMENToblasten Bindegewebszellen
sind. WINTER begutachtet ZahnZEMENT an etlichen Stellen
und SOMMERs SchnellZEMENT, ZEMENTfarbe, ZEMENTmörtel und ZEMENTlöser.
SOMMER wird hinter den ZEMENTlastern immer nervöser,
während WINTER an ZEMENTlacken und ZEMENTfaserplatten riecht.
Ein Geländewagen mit ZEMENTmischern und ZEMENTrohren kriecht
hinter SOMMER her, der das Wort »ZEMENTverband«
am ZEMENTtransporter liest, als letzterer die Lärmschutzwand
der Autobahn beschädigt! WINTERs neue, einZEMENTierte Hüftprothesen
lockern sich. SOMMER will beschädigte ZEMENTkübel auflesen.

Haushaltshilfe WINTER und Doktor SOMMER im BUSCH

Doktor SOMMERs Haushaltshilfe WINTER erbt
BUSCHtoiletten, BUSCHland,
BUSCHduschen, BUSCHschweine und BUSCHhühner vom
Onkel Ferdinand
BUSCHkowsky, der als »verrückter BUSCHpilot« betitelt
wurde und BUSCHvipern und BUSCHflugzeuge vermittelt
hat. WINTER bestimmt vorm GinsterBUSCH BUSCHarten,
als zwei BUSCHschweine Nachbar BUSCHauers Garten
besuchen und BUSCHauers BaBUSCHka deshalb in Ohnmacht
versinkt. Ein BUSCHschwein zertrampelt BUSCHflieder,
beknabbert sacht
BUSCHauers BUSCHhut und die BUSCHtomaten
und flüchtet, bevor's als Schweinebraten
endet! SOMMER stutzt BUSCHnelken BUSCHgräser und
BUSCHpflaumen
mit einem BUSCHmesser und verletzt beide Daumen.
WINTER sieht BUSCHauer mit BUSCHscheren mit
Karbonstahlklingen
hinter BUSCHpflanzen hervorspringen. Er will WINTER
umbringen!
BaBUSCHka vererbte BUSCHauer, ganz im Vertrauen,
BUSCHiges Kraushaar und zusammengewachsene, BUSCHige
Augenbrauen.

Haushaltshilfe WINTER und Doktor SOMMER im DRAMA

Doktor SOMMERs Haushaltshilfe WINTER verfolgt
DRAMAturg DRAMAsteins
HörDRAMA über die DRAMAtische Entwaldung und eins
übers DRAMAtische Artensterben. DRAMAstein schreibt
ein musikalisches WaldDRAMA und übertreibt
stets mit Alkohol auf DRAMAturgentagungen. DRAMAstein gewinnt
DRAMAtikerpreise für DRAMAtisierte Märchen. Zwei Waldbauern sind
der Meinung, dass meloDRAMAtische Menschen alles überDRAMAtisieren
und außer DRAMAturgie und DRAMApädagogik nichts kapieren!
WINTER hört DRAMAtikerinnen über ein GeiselDRAMA sprechen.
Nach DRAMAtischen Texten hört sie vom frechen
Nachrichtenmoderator, dass DRAMAstein seit einer
DRAMAtischen Entführungsaktion
vermisst wird! SOMMER behandelt DRAMAsteins
traumatisierten Sohn.

Haushaltshilfe WINTER und Doktor SOMMER im FAHRZEUG

Doktor SOMMERs Haushaltshilfe WINTER rammt auf
FAHRZEUGweihen
FAHRZEUGkombinationen älterer FAHRZEUGreihen von
FAHRZEUGhaltern in FAHRZEUGreihen,
fachsimpelt über FAHRZEUGfinanzierungen,
FAHRZEUGfabrikate, FAHRZEUGtechnik,
HybridFAHRZEUGe, FAHRZEUGscheine,
FAHRZEUGbewertungen und KettenFAHRZEUGe und
erlangt eine allgemeine
Bekanntheit bei FAHRZEUGversicherungen. Ein
FAHRZEUGlackierermeister
kippt SOMMER und WINTER Kleister
aus Eimern bei einer FAHRZEUGsegnung über
FAHRZEUGunterlagen.
Dann wird der FAHRZEUGlackierermeister vom Blitz
erschlagen,
weil sich bei der FAHRZEUGsegnung ein Gewitter
austobt! Nicht nur WINTERs Tränen sind bitter.
Die Frau des FAHRZEUGlackierermeisters erleidet einen
Herzinfarkt,
während WINTER vorm FAHRZEUGmuseum eine Zufahrt
zuparkt.

Haushaltshilfe WINTER und Doktor SOMMER im FRÜHJAHR

Doktor SOMMERs Haushaltshilfe WINTER erfährt beim FRÜHJAHRsputz,
dass FRÜHJAHRszwiebeln und FRÜHJAHRsknoblauch trotz Chinas Schmutz
gedeihen und mit FRÜHJAHRsblumen in der FRÜHJAHRssaison
herkommen. Bei FRÜHJAHRsvollmond bekommt WINTER eine FRÜHJAHRsdepression,
weil sie ständig daran denkt!
Vor chinesischen FRÜHJAHRshonigen sitzend, lenkt SOMMER trotz starker FRÜHAHRsmüdigkeit seit FRÜHJAHRsanfang irgendwie
auf chinesische FRÜHJAHRsgerichte, die in der FRÜHJAHRsakademie
neuerdings nicht nur bei FRÜHJAHRsmessen
vermutlich wegen starker chinesischer Interessen
serviert werden, jedes Gespräch dorthin.
Dies nennt SOMMER seit FRÜHJAHRsbeginn
»eingehende Beratungen, die das gewöhnliche Maß übersteigen«.
Ob's die Krankenkassen mitkriegen, wird sich zeigen!

Haushaltshilfe WINTER und Doktor SOMMER im LÄRM

Doktor SOMMERs Haushaltshilfe WINTER tadelt
LÄRMende Blindenhunde,
die einer LÄRMgutachterin mit LÄRMschwerhörigkeit und
Bisswunde
gehören. Die LÄRMgeschädigte LÄRMgutachterin zeigt
WINTER LÄRMprotokolle,
LÄRMrichtlinien, LÄRMtagebücher, LÄRMisolierende
Farben, LÄRMampeln und tolle
LÄRMdosimeter zur LÄRMüberwachung. Die Hunde
beknabbern LÄRMschutzvorhänge,
LÄRMtabellen und LÄRMmessgeräte und machen eine
Menge
LÄRMgeräusche. Der LÄRMempfindliche SOMMER hasst
LÄRMkontamination, schielt
ins Wartezimmer, wo die LÄRMgutachterin LÄRMfibeln
empfiehlt,
und erblickt die Hunde, die mit LÄRMinstrumenten,
wie Rasseln, auf LÄRMdämmplatten herumjagen und
permanenten
LÄRM erzeugen! Ein Hund versteift
sich, als SOMMER LÄRMdosimeter ergreift,
auf die LÄRMschutzverordnung verweist und die
LÄRMquellen
anbrüllt. Die daraufhin beißen, nicht nur bellen!

Haushaltshilfe WINTER und Doktor SOMMER im LOKAL

Doktor SOMMERs Haushaltshilfe WINTER liest im
FeinschmeckerLOKAL
aus selbstgeschriebenen LOKALkrimis vor! LOKALreporter
vom LOKALportal
und vom LOKALanzeiger diskutieren nicht gerade leise
über LOKALpatriotismus, korrupte LOKALpolitiker,
LOKALmedien, AnimierLOKALe, LOKALjournalistenpreise,
LOKALtipps, LOKALverwaltungen, den abgebrannten
LOKALwarenladen,
LOKALadverbien und den enormen Wasserschaden
im LOKALbahnhof zwischen LOKALmuseum und dem
LOKALbahnverein.
Als eine LOKALpolitikerin einen LOKALberichterstatter als
Dreckschwein
betitelt, erteilt der LOKALbesitzer LOKALverbote!
WINTER liest über eine Tote
im SchwulenLOKAL, als etliche LOKALbesucher gehen.
Das LOKALfernsehen will einen Film drehen
und komplimentiert WINTER hinaus, die erst stumm
folgt, dann aber Spritzen mit einem LOKALanästhetikum
hervorkramt und diese in Anwesende im LOKAL
jagt! SOMMER findet WINTERs Verhalten nicht normal.

Haushaltshilfe WINTER und Doktor SOMMER im MAIS

Haushaltshilfe WINTER und Doktor SOMMER vertilgen
MAISbier,
MAISgemüse mit SpeiseMAIS, vegane MAISpuffer und vier
MAIShähnchen im Gasthof MAISchberger, wo MAISbauern
sich wegen MAISschädlingen, wie MAISwurzelbohrer,
bedauern.
Wirt MAISchberger verteilt gegrillte MAISkolben, scharfen
Senf und MAISwaffeln, und weil MAISzünslerlarven
seinen FutterMAIS besiedeln, legte er im MAISfeld
MAISlabyrinthe und MAISuntersaaten an und verlangt
Eintrittsgeld.
Nach dem Verzehr von MAISgelben MAISgerichten lösen
SOMMER und WINTER Eintrittskarten kurz vorm bösen
Gewitter! Zwischen MAISrundballen flüchtet SOMMER
unters MAIShackgerät.
MAISbauern und MAISchberger suchen WINTER bis spät
in die Nacht in MAISäckern vor MAISrundwegen,
wobei alle sich mehr über MAISunkräuter aufregen.

Haushaltshilfe WINTER und Doktor SOMMER im MOOS

Doktor SOMMER und Haushaltshilfe WINTER kaufen
MOOSpflanzen,
MOOStapeten aus NaturMOOS und MOOSbilder. Im ganzen
Wartezimmer lässt Wohnberater MOOSrainer MOOSmatten
verlegen, und Kinder bekommen MOOSplatten
zum Basteln. Unter hängenden MOOSkugeln
ist MOOSrainers Sohn am Googeln,
während Patient MOOSleitners Töchter MOOSfrösche
zwischen TorfMOOSen
aus SOMMERs Terrarium befreien und MOOSleitner
MOOSrosen,
kleine gelbe MOOSzypressen und ein MOOSbild klaut
und dann arglos MOOSdächer und MOOSfarne anschaut.
MOOSrainers Sohn startet eine Schlacht
mit MOOSgrünem MOOSkuchen und macht
Jagd auf MOOSfrösche, wobei er einen MOOSstab
schwenkt! WINTER bestellt MOOSherzen für ein Grab.

Haushaltshilfe WINTER und Doktor SOMMER im PANZER

Haushaltshilfe WINTER und Doktor SOMMER dürfen
PANZER fahren!
Zwischen JagdPANZERn und PANZERmotoren im
PANZERmuseum offenbaren
beide, dass sie vor PANZERschränken PANZERmodellbau
daheim
betreiben, gePANZERte Fahrzeuge lieben und SOMMERs
PANZERreim
über KettenPANZER in PANZERfahrschulen vortragen!
Am SOMMERmorgen lädt ein PANZERwagen
SOMMER und WINTER ein. Beide freuen
sich über die PANZERfahrt im neuen
PANZERwagen, da versagen am Steilhang
auf der PANZERwiese plötzlich lang
die Bremsen. Im Krankenhaus zwischen PANZERfriedhof,
PANZERfabrik
und PANZERhalle genießen beide einen wunderbaren
Ausblick.

Haushaltshilfe WINTER und Doktor SOMMER im PECH

Doktor SOMMER und Haushaltshilfe WINTER bauen SPECHtkästen
und SPECHtattrappen mit SPECHtexperten PECHaigner aus Holzresten
ihrer zersägten PECHkiefern und PECHtannen. PECHaigners Spezialität
ist der SPECHtlochverschluss. SOMMER SPECHtet aufs SPECHtabwehrgerät,
das die SPECHtvögel ignorieren, während PECHaigner SPECHtarten
bestimmt und heimlich PECHbringer vor SOMMERs WINTERgarten
anbringt! BuntsPECHte beobachten PECHaigner, der einen SPECHtschaden
am SPECHtbaum vergrößert, PECHschwarze PECHzahlen auf Fassaden
schmiert und WINTER wirr von PECHgruben, PECHsträhnen,
PECHkohle, PECHöfen und Schmerzen an seinen Zähnen
erzählt. Plötzlich setzt PECHaigner PECHfackeln in Brand
und verbrennt SPECHtkästen und seine eigene Hand!
SOMMER und Nachbar SPECHtinger stehen vor Gartentüren,
riechen PECHgeruch und bekommen Brandhitze zu spüren!

Haushaltshilfe WINTER und Doktor SOMMER im RAUSCH

Doktor SOMMERs Haushaltshilfe WINTER erhielt eine RAUSCHnarkose
beim Zahnarzt RAUSCHenbach, verspeiste mit SOMMER große
RAUSCHtorten neben dem RAUSCHfreien Radio,
und nun sitzen beide unfroh
mit RAUSCHen im Kopf und beRAUSCHenden Schwindelgefühlen
wie nach einem AlkoholRAUSCH untätig auf Stühlen.
Ein RAUSCHgiftsüchtiger RAUSCHgiftfahnder und ein RAUSCHgifthändler lauschen
zeitgleich in SOMMERs Wartezimmer dem lauten WasserRAUSCHen
im Toilettenvorraum. Der RAUSCHgiftspürhund vom RAUSCHgiftfahnder bellt,
als die RAUSCHopf-Palme neben RAUSCHpflanzen umfällt,
Patient RAUSCHhardt von MeeresRAUSCHen und RAUSCHendem Applaus
erzählt und Wasser aus einem Rohr heraus
sprudelt! Während SOMMER und WINTER im RAUSCHzustand
RAUSCHtrinken üben, RAUSCHt Wasser aus der Wand.
RAUSCHhardt spricht von GRAUSCHimmelfäule an seinen Weinreben.
SOMMER hört Feuerwehrsirenen und sieht
RAUSCHgoldengel herumschweben!

Haushaltshilfe WINTER und Doktor SOMMER im SCHMUTZ

Doktor SOMMER und Haushaltshilfe WINTER stehen rußbeSCHMUTZt
vor SCHMUTZtauchpumpen zwischen SCHMUTZverkrusteten SCHMUTZwäschekörben.
WINTER putzt
mit SCHMUTZbürsten, SCHMUTZlappen,
SCHMUTZlösenden Laugen,
SCHMUTZschwämmen, SCHMUTZentfernern und glänzenden Augen
die SCHMUTZfangmatten in der SCHMUTZschleuse
eines Bauernhofs, während ölverSCHMUTZte Aufziehmäuse
neben ihr in SCHMUTZlachen sitzen
und SOMMER mit SCHMUTZigen Witzen
aufwartet! Beide werben für die SCHMUTZlösenden Renigungspasten
vom schwerreichen Patienten SCHMUTZler!
SCHMUTZstarrene Kameraleute hasten
in SCHMUTZiger Luft durch StraßenSCHMUTZ,
und WINTER spricht über Frühjahrsputz,
SCHMUTZliteratur und SCHMUTZlers Reinigungspasten
mit SCHMUTZlösenden Substanzen!
Bargeld lässt SOMMERs und WINTERs Augen tanzen.
Völlig verSCHMUTZt beantragt WINTER übermütig überteuerten Personenschutz
und bewirft Kameramänner mit SCHMUTZklumpen aus GrobSCHMUTZ!

Haushaltshilfe WINTER und Doktor SOMMER im SCHRITT

Haushaltshilfe WINTER und Doktor SOMMER reiten
SCHRITT.
SOMMERs Araberhengst versetzte einer
SOMMERfrischlerin einen Tritt,
kombinierte TänzelSCHRITTe mit AusfallSCHRITTen und
einem Bocksprung,
sodass SOMMER mitsamt SCHRITTzähler mit elegantem
Schwung
im WINTERweizenfeld zwischen WINTER und
fortgeSCHRITTenen Anfängern
aufkam. Während der Hengst das »TrabSCHRITTe
verlängern«
und SCHRITTwechsel alleine auf der SOMMERwiese probt
und Bauer SOMMERach den technischen FortSCHRITT lobt,
macht WINTERs Ponystute TrippelSCHRITTe über
SCHRITTplatten.
WINTER sammelt im LaufSCHRITT den matten
SOMMER samt intakten SCHRITTzähler ein und setzt
SOMMER hinter sich auf die SOMMERsatteldecke; jetzt
macht WINTERs Ponystute nurmehr SCHRITTgeräusche
und SchlurfSCHRITTe.
SOMMERs Araberhengst geht ab durch die Mitte!

Haushaltshilfe WINTER und Doktor SOMMER im STREIK

Doktor SOMMERs Haushaltshilfe WINTER verarztet
STREIKführer, STREIKsprecher,
STREIKleiterinnen und STREIKhelfer in STREIKwesten,
während STREIKbrecher
SOMMER mit Pistolen bedrohen, seine STREIKplakate
zerreißen
und WINTER mit rohen Eiern und weißen
STREIK-Schulungsmappen beschmeißen! Als ein
STREIKposten
im Wartezimmer ein STREIKpostenlied über STREIKkosten,
STREIKbruchprämien und die Abschaffung vom
STREIKverbot
singt, verfärben SOMMERs SOMMERschuhe sich blutrot!
Dann stürmen die STREIKbrecher ins STREIKlokal.
Die STREIKenden des ProtestSTREIKs STREIKen normal
in der STREIKwoche auf der Straße weiter,
Politiker dinieren, und STREIKbrecher erschießen zeitgleich
STREIKleiter.

Haushaltshilfe WINTER und Doktor SOMMER im STREIT

In Doktor SOMMERs Wartezimmer STREITen
KunSTREITer mit MitSTREITern übers KunSTREITen,
was der STREITlustige STREITschlichter STREITner toll
findet, das STREITgespräch aufzeichnet, ein
STREITprotokoll
anfertigt, STREITregeln erklärt und STREITwertkataloge,
STREITäxte, STREITschriften
und STREITwerttabellen hervorzieht; STREITner will
Frieden stiften!
SOMMER mag einen WettSTREIT beim Onlinespiel
gewinnen,
während seine Haushaltshilfe WINTER und STREITner
beginnen,
mit STREITäxten die STREIThähne zu irritieren!
KunSTREITer explodieren, während SOMMER am Verlieren
ist. WINTER wird von einer STREITaxt getroffen.
STREITners und SOMMERs Münder stehen sperrangelweit
offen!

Haushaltshilfe WINTER und Doktor SOMMER im STROH

Erst streiken Bauer STROHbachs STROHtraktoren, STROHballenpressen,
das STROHgebläse und STROHeinstreugeräte, dann fressen seine STROHschweine die STROHunterlage und STROHbesen.
Haushaltshilfe WINTER und Doktor SOMMER lesen Berichte über STROHbach, besichtigen seine STROHverteilwagen, STROHlagerhallen
und die STROHhaltung der STROHschweine, als STROHballen
neben STROHdachziegeln, STROHnetzen, STROHgelben STROHbauplatten,
STROHseilen, alten STROHkernmatratzen, STROHpressen, STROHmatten
und STROHsäcken zu brennen beginnen!
SOMMER und WINTER können entrinnen.
STROHbach kämpft nach der Brandstiftung mit Brandwunden,
trinkt durch PlastikSTROHhalme und verliert erst Kunden,
bevor er umstrukturiert und STROHtaschen,
STROHteppiche, ReisSTROHpilze, STROHfiguren in Flaschen,
STROHhüte, STROHtiere und STROHhalme aus echtem STROH
verkauft. STROHbach macht Tierliebhaber und Umweltschützer froh!

Haushaltshilfe WINTER und Doktor SOMMER im VERKAUF

Doktor SOMMER vermietet Praxisräume als
VERKAUFslager
an VERKAUFsassistentinnen im WINTERurlaub. Etliche
VERKAUFsschlager
in unhandlichen VERKAUFskartons mit VERKAUFsetiketten
und VERKAUFsregale lassen die netten
VERKAUFsberaterinnen SOMMERs Haushaltshilfe
WINTER an VERKAUFsoffenen Sonntagen
zwischen VERKAUFsvitrinen, VERKAUFstischen,
VERKAUFsautomaten, VERKAUFswaagen und
VERKAUFsunterlagen
mittels VERKAUFspartys und auf VERKAUFsplattformen
VERKAUFen! WINTER hat einen enormen
VERKAUFserfolg beim VERKAUF einer VERKAUFsbude
an einen VERKAUFsleiter aus Buxtehude!
Neben der VERKAUFstheke vom VERKAUFsstand
erscheinen Risse in SOMMERs Wand
und VERKAUFsanhänger auf den VERKAUFsflächen
mitsamt VERKAUFsingenieuren im VERKAUFsraum
brechen
plötzlich ein! WINTER sieht, wie Wasserrohre zerbersten.
SOMMERs Mietvertrag wird gekündigt, zum nächsten
Monatsersten.

Haushaltshilfe WINTER und Doktor SOMMER im WIRBEL

Haushaltshilfe WINTER und Doktor SOMMER geben
WIRBELsäulengymnastik.
Ausgerechnet WIRBELsäulenspezialist WIRBELauer mit
ZWIRBELbart, WIRBELmetastasen, Bandplastik
im Sprunggelenk, WIRBELfehlstellungen und
WIRBELblockaden
nimmt beim HerumWIRBELn ernsthaft Schaden!
Zwischen SOMMERs DoppelWIRBELringschrauben und der
ZWIRBELzange
verharrt WIRBELauer neben Patient WIRBELeit lange
bewegungslos! WINTER WIRBELt ins Vorzimmer.
SOMMER plagt plötzlich ein schlimmer
Schmerz im LendenWIRBEL; er verschreibt
den Anwesenden WIRBELsäulenmassagen und treibt
alle WIRBELsäulenpatienten hinaus. Den bewusstlosen
WIRBELauer
deponiert SOMMER bei WIRBELwind vorm Hagelschauer
neben defekten WIRBELstrombremsen hinterm
WIRBELsäulenzentrum. Wegen WIRBELsäulenoperationen
wollte WIRBELauer sich sowieso noch etwas schonen!

Haushaltshilfe WINTER und Doktor SOMMER in AKTION

Doktor SOMMER und Haushaltshilfe WINTER sehen
BergungsAKTIONen,
ReAKTIONsspiele für Gruppen, AKTIONsküchen,
ProtestAKTIONen und BundestagsfrAKTIONen
nach AKTIONswerbung für HerzAKTIONen und
ImpfAKTIONen spät
im Fernsehen. WINTER beendet ihre AKTIONs-Diät
nach einer Trimm-AKTION mit dem AKTIONskreis
und streitet mit SOMMER über einen AKTIONspreis
der Bahn und Sparpreis-AKTIONen im AKTIONszeitraum.
Bei MuskelAKTIONen beginnt SOMMERs AKTIONstremor,
weißer Schaum
rinnt aus seinen Mundwinkeln und HautreAKTIONen
erscheinen,
als er mit ReAKTIONsschnellingkeit auf den Beinen
ist, WINTER auf der AKTIONsfläche AKTIONsgeladen
zusammenschlägt
und den AKTIONsventilator exakt neben dem
AKTIONspreisschild aufsägt!
Dann liest SOMMER über AKTIONspotentiale vom Herzen
und StressreAKTIONen und will mit WINTER scherzen.

Haushaltshilfe WINTER und Doktor SOMMER in RUHE

Doktor SOMMERs Haushaltshilfe WINTER plagen
RUHElose Beine,
ein VorRUHEständler, der RUHEgebete singt, RUHEangina,
allgemeine
UnRUHE und ein hoher RUHEpuls im RUHEbereich
der Sauna. Zwei RUHEsuchende Saunagäste werfen gleich
mit RUHEkissen von RUHEraumliegen, RUHEmöbelstücken
und RUHEsesseln
der RUHEecke und sprühen Haarspray mit Brennneseln
auf den RUHEbedürftigen UnRUHEstifter! WINTERs
RUHEbedürfnis steigt.
Der Saunameister, der einen RUHEforst besitzt, zeigt
den RUHEsuchenden einen Vogel in der RUHEoase
und wird plötzlich blass um die Nase.
Während der Saunameister ohnmächtig zu Boden geht,
singt der VorRUHEständler mit SeelenRUHE ein
RUHEgebet.
SOMMER verlässt seine RUHEbank an seinem RUHEtag,
weil er ausRUHEn und nicht arbeiten mag.

Haushaltshilfe WINTER und Doktor SOMMER ist es KÜHL

Haushaltshilfe WINTERs und Doktor SOMMERs Metzger
verbringt,
von KÜHLkissen, KÜHLvitrinen, KÜHLmittelpumpen und
WeinKÜHLern umringt,
seine Nächte im KÜHLhaus oder im KÜHLanhänger!
Zwischen KÜHLwürfeln und TiefKÜHLpizzen verweilt er
länger
tagsüber, wenn er nicht gerade KÜHLfächer, KÜHLergrille,
KÜHLboxen, KÜHLtruhen, KÜHLventilatoren,
KÜHLcontainer oder seine KÜHLbrille
reinigt. Metzger KÜHLing will den Weltrekord aufstellen,
im KÜHLhaus-Sitzen! Was zweifellos hohe Wellen
in den Medien auslöst. SOMMER fühlt,
dass KÜHLing unterm KÜHLnebel sehr unterKÜHLt
leidet! SOMMER montiert KÜHLing perfekt getarnte
Wärmekabinen
im KÜHLhaus und im KÜHLanhänger hinter KÜHLvitrinen.

Haushaltshilfe WINTER und Doktor SOMMER ist es ÜBEL

Haushaltshilfe SOMMER und Doktor SOMMER ist es
speiÜBEL!
WINTER zupft ÜBELlaunig HolzdÜBEL aus einem
BlumenkÜBEL,
dann erblickt sie DÜBELschablonen und das
DÜBELschraubengewinde,
das Zimmerer ÜBELein liebevoll abpustete, neben dem
Blumengebinde,
welches er hinterließ! WINTER leidet
unter ÜBELriechenden Blähungen und entscheidet,
ÜBELein DÜBEL und DÜBELschablonen hinzutragen!
Wegen ÜBELkeit
übersieht sie Treppenstufen und kommt nicht weit,
weil sie ÜBELst stürzt. SOMMERs ÜBELlaunigkeit schnellt
in die Höhe, weil das Wasser abgestellt
wird, als er ÜBELriechenden Stuhlgang und Schweiß
erzeugt. – SOMMERs ÜBELkeit verschwindet. Und sein
Fleiß!
Patient ÜBELeisen beschwert sich wegen ÜBELriechenden
Abflüssen.
Wird ÜBELtäter SOMMER die Praxis schließen müssen?

Haushaltshilfe WINTER und Doktor SOMMER KOMMEN

Doktor SOMMER rätselt, was bei schwindenden
ErdölvorKOMMEN
und EinKOMMEN die KOMMENden Jahrzehnte stattdessen
hergenommen
wird. Auf KreditabKOMMEN, NachKOMMEN, seine
verKOMMENen Fichten
und WillKOMMENsgeschenke will er künftig vollKOMMEN
verzichten!
Haushaltshilfe WINTER heißt beim großen aufKOMMENden
Sturm
anKOMMENde Radfahrer mit einem WillKOMMENslächeln
am Glockenturm
willKOMMEN. Während SOMMER zwei anKOMMENde
Telefongespräche entgegennimmt,
KOMMEN mehrere Radler bei erhöhtem
VerkehrsaufKOMMEN, bestimmt
wegen Sturmböen, neben SOMMERs Gartenzaun zu Fall.
VollKOMMEN gesunde Fichten stürzen mit einem Knall
auf SOMMERs Villa! Etwas benommen
will er nur noch fortKOMMEN.
In der lauen SOMMERnacht träumt SOMMER
verschwommen
von unwillKOMMENen Naturereignissen, ErzvorKOMMEN,
WillKOMMENskulturen und FreihandelsabKOMMEN.

Haushaltshilfe WINTER und Doktor SOMMER LAUFEN

Wenn Haushaltshilfe WINTER und Doktor SOMMER
LAUFEN,
muss WINTER beim GeländeLAUFEN im SOMMERoutfit
durchschnaufen
bei Bauer SOMMERachs Kuhweide. Kälbchen LAUFEN
nebenher,
wenn WINTER SOMMER hinterherLAUFEN will und
schwer
schnauft. Beim BergLAUFEN bleibt WINTER stehen,
und SOMMER gibt Walkern, die vorbeigehen,
Tipps fürs LAUFEN. Über SchLAUFENgrößen von
HandschLAUFEN
und das CrossLAUFEN diskutiert SOMMER beim
DavonLAUFEN
vor Imker WINTERbachs Bienen mit SchLAUFENhersteller
Alexander
LAUFENbach. SOMMER, WINTER und LAUFENbach
LAUFEN hintereinander,
als ein Kampfhund angeLAUFEN kommt.
LAUFENbach und WINTER flüchten prompt
trotz SOMMERgewitter im FrühSOMMER auf einen
Jägerstand.
Der Kampfhund beißt LAUFENd in SOMMERs Hand!

Haushaltshilfe WINTER und Doktor SOMMER LEBEN

Haushaltshilfe WINTER und Doktor SOMMER erLEBEN
LEBENsfreude im Hotel »LEBENsquelle«! Sie überkLEBEN
sämtliche Bildschirme mit LEBENssprüchen von
LEBENsträumen
und erhalten LEBENskarten mit LEBENswerten
LEBENsräumen
darauf von ÜberLEBENstrainer, LEBENsmittelkontrolleur
und LEBENscoach Otto.
Sie erarbeiten LEBENsperspektiven und ein gemeinsames
LEBENsmotto
und müssen LEBENskünstler Otto wiederbeLEBEN im
Hagelschauer
unterm LEBENsbaum, wonach der über die LEBENsdauer
und LEBENsabschnitte von Hamstern und Autobatterien
spricht.
SOMMER, WINTER und Otto genießen die LEBENsaussicht
auf dem LEBENberg. Otto redet von LEBENsmittelskandalen
und lässt WINTER LEBENszahlen auf LEBENssteine malen.
SOMMER verfolgt Schnecken, die auf LEBENsfelsen
kLEBEN
und stürzt ab! SOMMER kämpft ums ÜberLEBEN,
während WINTER und Otto kein LEBENszeichen
vernehmen. Kann WINTER SOMMERs
LEBENsversicherung einstreichen?

Haushaltshilfe WINTER und Doktor SOMMER LESEN

Haushaltshilfe WINTER gibt LESENden Klosterschülern
LESENoten
am LESENachmittag im »Lesecafe LESENiveau«. Paketboten
liefern Doktor SOMMER meistgeLESENe Bücher übers
FährtenLESEN,
das GedankenLESEN, erLESENe Weine und höhere
Geistwesen
frei Haus. Mitten beim KorrekturLESEN erschrecken
die Paketboten SOMMER! Im SOMMERwind strecken
sie SOMMER LESENswerte Broschüren zum DurchLESEN
entgegen.
Während alle viel FederLESENs machen, im SOMMERregen,
fällt einem LESENden eine zerLESENe Broschüre
auf die Füße, vor SOMMERs Türe.
Der beLESENe SOMMER denkt ans NotenLESEN, geht
zum Paketboten, und ein SOMMERlicher Windhauch weht
die Türe zu! Doktor SOMMER hat genug
vom LESEN. Er steht da, im SOMMERschlafanzug,
während der Schlüssel innen steckt.
Was Nachbarin SOMMERachs Interesse weckt.

Haushaltshilfe WINTER und Doktor SOMMER mit ALLERGIE

Doktor SOMMER und Haushaltshilfe WINTER geben
ALLERGIEspritzen.
ALLERGIEpatientin SOMMERthal kommt nach
ALLERGIEschüben ins Schwitzen,
fummelt nach ALLERGIEpflastern, ALLERGIEkalendern,
ALLERGIEtabletten,
ihrem ALLERGIEpass und den Zigaretten,
als eine Biene sie umschwirrt!
Eine Milchglastür splittert und klirrt,
weil SOMMERthal, die noch von InsektengiftALLERGIEn
sprach,
diese nach ALLERGIEanfällen vor SOMMER soeben
durchbrach!
Ein ALLERGIEexperte mit ErdbeerALLERGIE,
KreuzALLERGIE und SonnenALLERGIE
bietet SOMMER an, die leblose SOMMERthal irgendwie
zu entsorgen. Dann bekommt WINTER einen
ALLERGIEschock!
SOMMER schließt die Praxis wegen »Null Bock«.

Haushaltshilfe WINTER und Doktor SOMMER mit BAUCH

Doktor SOMMERs Haushaltshilfe WINTER hat
BAUCHgrummeln, BAUCHzwicken,
BAUCHige Vasen umgestellt, BAUCHschmerzen und einen dicken
BlähBAUCH, während SOMMER den BAUCHredner mit BierBAUCH
und BAUCHverletzung behandelt, der nach Alkohol, Rauch
und Schweiß riecht und BAUCHemische Themen studierte,
bevor er das BAUCHchakra seiner BAUCHrednerpuppe aktivierte.
BAUCHtanzlehrer SOMMERstein öffnet vor WINTER seine BAUCHtasche
und empfiehlt den Inhalt einer BAUCHigen Flasche
gegen BAUCHprobleme, wobei er ihr BAUCHpiercings zeigt!
Der BAUCHredner erklärt SOMMER BAUCHemie und schweigt
beleidigt, als SOMMER der BAUCHrednerpuppe Medikamente verschreibt.
Mit BAUCHweh, BAUCHkribbeln und ungutem BAUCHgefühl übertreibt
WINTER die BAUCHatmung und stürzt wegen Schwindelattacken.
Trotz BAUCHziehen kann SOMMERstein SOMMERs Wertschutztresor knacken!

Haushaltshilfe WINTER und Doktor SOMMER mit BRUCH

Nach dem glatten RahmenBRUCH und dem LenkerBRUCH
am Leichtbaurennrad vernimmt Doktor SOMMER
BRUCHstückhaft Blutgeruch
nach der BRUCHlandung zwischen AbBRUCHgebäuden und
abBRUCHreifen
Brücken. Er liegt mit UnterkieferBRUCH, ZahnBRUCH,
steifen
Halswirbeln und OberschenkelhalstrümmerBRUCH neben
BRUCHfestem Glas, BRUCHsteinen
und bitterer BRUCHschokolade, denkt an seinen allgemeinen
Gesundheitszustand, BRUCHrechnungen, AbBRUCHfirmen
und an sein BRUCHband
für den LeistenBRUCH. Verliert SOMMER den Verstand?
Einbrecher finden nach einem BankeinBRUCH den
BRUCHpiloten,
überlassen ihm KäseBRUCH und telefonieren auf roten,
BRUCHfesten Handys Notärzte herbei! SOMMER futtert
BRUCHmais,
bevor er nach einem KreislaufzusammenBRUCH furchtbar
weiß
im Gesicht wird. SOMMERs Haushaltshilfe WINTER lacht
mit einem ArmBRUCH zu Hause in finsterer Nacht.

Haushaltshilfe WINTER und Doktor SOMMER mit EMOTION

Doktor SOMMER und Haushaltshilfe WINTER üben
EMOTIONszentrierte
Stressbewältigung mit EMOTIONstrainerinnen und buchen
die vierte
EMOTIONsfokussierte Paartherapie, wobei SOMMER völlig
EMOTIONslos spricht
und WINTER EMOTIONsgesteuert eine
EMOTIONstrainerin ständig unterbricht,
die EMOTIONsausdrücke, EMOTIONsanalysen,
EMOTIONstheorien und EMOTIONsspiele erklärt.
SOMMER muss beim EMOTIONscoaching
EMOTIONsausbrüche üben, beschwert
sich EMOTIONsfrei darüber und bleibt total EMOTIONskalt.
EMOTIONstrainerinnen diagnostizieren
EMOTIONsstörungen, als SOMMER mit Gewalt
WINTERs EMOTIONstagebuch ohne EMOTIONskontrolle
an sich reißt
und einem anwesenden EMOTIONsforscher ins Gesicht
schmeißt!
WINTER ist von SOMMERs EMOTIONen und Gefühlen
fasziniert und wirft EMOTIONsgeladen mit
EMOTIONswörtern, Stühlen
und Flaschen um sich! Der EMOTIONsforscher quiekt,
weil SOMMER ihn beim EMOTIONsregulationstraining
EMOTIONsgeleitet bekriegt!

Haushaltshilfe WINTER und Doktor SOMMER mit FLÖTE

Doktor SOMMERs Haushaltshilfe WINTER bekommt
AltblockFLÖTEn, SektFLÖTEn,
FLÖTEnhüllen, BlockFLÖTEnständer, FLÖTEnmundstücke,
ein Mittel zum Abtöten
des Zahnnervs, FLÖTEnpolster und FLÖTEnzubehör in
verkehrt
gelieferten Paketen. WINTER FLÖTEt probeweise und
unbeschwert
und bucht FLÖTEnunterricht, den FLÖTEnspieler vom
FLÖTEntrio
geben! Ein FLÖTEnbauer vom FLÖTEnkurs, der Bio-
Lebensmittel hasst, FLÖTEnspielerinnen begrapscht und
WINTER schöne
Augen macht, entlockt aus BassblockFLÖTEn schräge Töne
und schenkt WINTER selbstbemalte FLÖTEnuhren,
FLÖTEnschlümpfe
und FLÖTEnhefte. Er entblößt gelbe Zahnstümpfe,
verwechselt FLÖTEngriffe und FLÖTEnlieder, macht
FLÖTEnde Vögel nach und lacht
wie ein gackerndes Huhn nach dem FLÖTEn.
WINTER will mit SOMMER den FLÖTEnbauer töten!

Haushaltshilfe WINTER und Doktor SOMMER mit FREUDE

Doktor SOMMERs Haushaltshilfe WINTER weint beim FREUDEntanz
im Altenheim FREUDEnquell FREUDEtrunken zwischen FREUDEnschreien ganz
spontan FREUDEntränen! Heimbewohner FREUDEnreich findet ohne HerzensFREUDE
das FREUDEnfest überzogen und legt im Nebengebäude mit SchaffensFREUDE und SchadenFREUDE ein kleines FREUDEnfeuer!
Heimbewohnerin FREUDEnthaler entwickelt vorm FREUDEnschmaus eine ungeheuer
mühelose TrinkFREUDE; neuerdings ist sie Oma!
Nach FREUDEnsprüngen fällt FREUDEnthaler ins Koma.
Mit LebensFREUDE erobern SOMMER und Heimleiter FREUDEndahl
FREUDEnmädchen im FREUDEnhaus nebenan zum wiederholten Mal.
WINTER probt im FREUDEntaumel FREUDEngesang und FREUDEngeschrei –
Reporter FREUDEnberger filmt sie mit FREUDEnausrufen dabei.

Haushaltshilfe WINTER und Doktor SOMMER mit GEBISS

Haushaltshilfe WINTER und Doktor SOMMER tragen
VampirGEBISSe
und verschenken GEBISSbürsten, GEBISSreiniger,
GEBISSdosen und gewisse
GEBISSreiniger eines Zahntechnikers, der sich
GEBISSmacher nennt!
WINTER verliert ausGEBISSene GEBISSteile und
GEBISSkissen, rennt
anGEBISSenen Äpfeln mit zusammenGEBISSenen Zähnen
hinterher
und liest GEBISSbefunde, bevor sie schwer
über SOMMERs WINTERschuhe stürzt, genau vorm
Garderobenschrank.
WINTERs Unterkiefer trifft hart auf eine Kinderbank!
Erst sorgt WINTER für Lacher,
dann ruft SOMMER den GEBISSmacher
an, weil WINTERs bleibendes GEBISS Lücken
aufweist und abGEBISSene Zähne und GEBISSbrücken
herumliegen! Der GEBISSmacher macht an der Garderobe
ein Angebot für die GEBISSsanierung inklusive GEBISSprobe!

Haushaltshilfe WINTER und Doktor SOMMER mit GRIPPE

Haushaltshilfe WINTER und Doktor SOMMER studieren GRIPPEkarten,
GRIPPEtrends und GRIPPEzahlen und fachsimpeln über GRIPPEarten
mit GRIPPE-Spezialisten, die mit AntiGRIPPE-Impfstoffen,
GRIPPEmedikamenten, GRIPPEsymptomen und Mundschutz anrückten und hoffen,
dass sie von tödlichen GRIPPEviren verschont bleiben.
SOMMER und WINTER verschieben das Sporttreiben
auf die SOMMERmonate, weil sie GRIPPEanzeichen bemerken!
WINTER kann ihr Immunsystem mit GRIPPEpulver stärken.
SOMMER nimmt nach der GRIPPEimpfung
GRIPPEtabletten, GRIPPEtropfen
und zur GRIPPEprophylaxe WINTERs GRIPPEpulver mit Hopfen.
WINTER berichtet SOMMER von GRIPPEwellen,
GehirnGRIPPE, GRIPPEverläufen, GRIPPEpandemien,
GRIPPEtoten, VogelGRIPPEfällen
und von Nebenwirkungen der GRIPPEimpfung, wie Müdigkeit.
SOMMER schließt die Praxis in der GRIPPEzeit!

Haushaltshilfe WINTER und Doktor SOMMER mit KLINIK

Doktor SOMMERs Haushaltshilfe WINTER erbt nagelneue
KLINIKgebäude
mit KLINIKshop, KLINIKpark und KLINIKschule. Ihre
Freude
ist verhalten, denn das KLINIKgelände
unterm KLINIKneubau in »Am Nordende
vier« ist schwermetallbelastet. Ehemalige KLINIKmanager,
KLINIKsekretäre,
KLINIKärztinnen und ein KLINIKkoch mieten leere
KLINIKräume, richten eine PuppenKLINIK ein und verkaufen
KLINIKbedarf. KLINIKdirektoren verkleiden sich als
KLINIKclowns, laufen
dem KLINIKsbesuchsdienst hinterher und lesen aus rosaroten
KLINIKhandbüchern den KLINIKpatienten und
KLINIKbesuchern erlebte Anekdoten
vor, wobei eine KLINIKapothekerin neben dem KLINIKleiter
der ZahnKLINIK in KLINIKkleidung zwischen
KLINIKbehandlungen heiter
KLINIKkoffer schwingt und letzterem die Schneidezähne
herausschlägt!
Zeitungen berichten darüber, und der KLINIKleiter erträgt
den KLINIKalltag im eigenen KLINIKzimmer mit
Gelassenheit.
Das KLINIKpersonal und KLINIKseelsorgerinnen schenken
ihm Aufmerksamkeit.
WINTERs KLINIKen verbuchen erstmals Gewinne im
KLINIKjahr.
Der KLINIKleiter der AugenKLINIK wird zum Medienstar!

Haushaltshilfe WINTER und Doktor SOMMER mit KNALL

Doktor SOMMERs Patient KNALLinger ist durchgeKNALLt,
KNALLverliebt,
hat ein KNALLtrauma und KNALLerbsensträucher und
verschiebt
aus Angst vor einem PistolenKNALL, KNALLbonbons,
TürKNALLen,
KNALLfröschen oder KNALLschreckgeräten ständig
Termine. KNALLköpfe überfallen
KNALLinger während eines DonnerKNALLs vor einer
KNALLerfrau
im Fernsehen in KNALLbunten Farben, und genau
da finden im Nachbargebäude KNALLgasexplosionen
inklusive KNALLgasflammen
statt! KNALLinger und die KNALLköpfe stürzen zusammen
hinaus! SOMMERs Haushaltshilfe WINTER kann
KNALLinger begrüßen
und das Warten mit KNALLbunter KNALLbrause versüßen.
SOMMER registriert stirnrunzelnd KNALLingers
KNALLrote Zunge
und entdeckt Wasser in KNALLingers Lunge.

Haushaltshilfe WINTER und Doktor SOMMER mit LINSE

Haushaltshilfe WINTER und Doktor SOMMER verzehren
LINSEnfrikadellen
mit LINSEnaufstrich, LINSEnbrot und LINSEnsalat und
bestellen
KontaktLINSEnpflegemittel, LINSEnwaffeln, BergLINSEn,
LINSEnmehl, EinmalLINSEn, LINSEnbehälter,
KontaktLINSEnflüssigkeiten,
LINSEnhalterungen und LINSEnflanschschrauben.
SOMMER verliert zum zweiten
Mal seine KontaktLINSE, bevor er LINSEnhersteller
LINSEnhoff
behandelt, der SOMMERs faltbares Brillenetui aus Stoff
vom Tisch fegt und ein Brillenglas bricht.
LINSEnhoff besichtigt SOMMERs Rest vom veganen
LINSEngericht.
Der halbblinde SOMMER steht, während er
»InsuLINSEnsivität«
erklärt und dabei aus dem Gleichgewicht gerät!
LINSEnhoff stürmt hinaus, hört SOMMER leise winseln
und verreist umgehend dienstlich auf die KanaLINSEln!

Haushaltshilfe WINTER und Doktor SOMMER mit QUITTEN

Doktor SOMMER erbt ein QUITTENrefugium mit
QUITTENlehrpfad,
alten QUITTENsorten und QUITTENladen. Seit einem
Attentat
vor Jahren zwischen QUITTENbäumen vom
QUITTENprojekt
ist das QUITTENrefugium menschenleer. SOMMER entdeckt
neben QUITTENfrüchten und QUITTENzweigen zwei
QUITTENwarane!
SOMMER erbricht QUITTENgelbes QUITTENwasser und
seine Alkoholfahne
von QUITTENschnäpsen, QUITTENweinen und
QUITTENlikören stinkt,
als er seine Haushaltshilfe WINTER herbeiwinkt
und unterm QUITTENstrauch zusammensackt. Die
QUITTENwarane flüchten
und SOMMER murmelt, dass Nachbarn QUITTENwarane
züchten
und QUITTENliebhaber sind. Während WINTER aufs
Nachbargrundstück
rennt, kehren die QUITTENwarane zu SOMMER zurück.
SOMMER teilt QUITTENäpfel, QUITTENbirnen und
blausäurehaltige QUITTENkerne
mit ihnen. Notarztsirenen heulen in der Ferne.

Haushaltshilfe WINTER und Doktor SOMMER mit SÄGE

Doktor SOMMER und Haushaltshilfe WINTER erhalten
SÄGEtische,
BrennholzSÄGEn, SÄGEpalmen, SÄGEdraht für
BandSÄGEn, fangfrische Speisefische,
Brennholz zum ZerSÄGEn, einen privaten
SÄGElehrgang, SÄGEfeilen und einen SÄGEspaltautomaten
von SÄGEwerkbesitzern, weil sie sich bei SÄGEunfällen
auf SÄGEmehl mit KappSÄGEn niemals zimperlich anstellen!
Beim KettenSÄGEnkurs schwenkt WINTER übermütig
KettenSÄGEnscheine,
besteigt in SÄGEhose mit SÄGEhelm alleine
eine Tanne und verliert SÄGEkettenhaftöl, ihr Gesichtsschild
und das Gleichgewicht! SOMMER knipst ein Bild
von der Landung WINTERs zwischen SÄGEmessern.
Ein KettenSÄGEnhersteller kann die Bildgestaltung
verbessern.

Haushaltshilfe WINTER und Doktor SOMMER mit TALENT

Doktor SOMMER und Haushaltshilfe WINTER behandeln
SportTALENTe,
denen unTALENTierte TALENTmanager und
TALENTscouts unerlaubte Medikamente
zustecken. Ein hochTALENTiertes MultiTALENT mit
RedeTALENT, ZeichenTALENT,
UnterhaltungsTALENT, ZahlenTALENT und eigener
TALENTagentur muss permanent
Wasser lassen, gähnen, rülpsen und husten
und im TALENTcafé Kerzen auspusten.
Eine TALENTsucherin beantwortet SOMMER bei den
TALENTtagen
eines Fußballclubs zwischen IT-TALENTen keinerlei Fragen,
bescheinigt NachwuchsTALENTen TALENTfreiheit, erstellt
TALENTprognosen, zerreißt TALENTanalysen
und bekommt ein Taubheitsgefühl in beiden Füßen.
Die TALENTsucherin will SOMMER ihren Zustand
schildern;
doch der muss Zeitungsartikel nach TALENTproben
bebildern!

Haushaltshilfe WINTER und Doktor SOMMER mit TRAINER

Doktor SOMMER teilt mit JugendTRAINERinnen Getränke
und zerstört mit ihnen TRAINERkoffer, TRAINERbänke
und TRAINERjacken nach dem Fußballspiel!
TRAINERmappen, TRAINERunterlagen
und TRAINERzeitschriften geht's danach an den Kragen.
Ein AltbundesTRAINER spritzt mit durchtrainierten
SchachTRAINERinnen Schaumwein
über ChefTRAINER, TRAINERassistenten und einen
zerfetzten TRAINERschein.
Doktor SOMMERs Haushaltshilfe WINTER sitzt
neben einem TRAINERhelfer, der gewitzt
ist, TRAINERlizenzen, TRAINERverträge,
TRAINERdiplome und TRAINERpässe nachmacht
und einen OberligaTRAINER auf dem HeimTRAINER
umgebracht
hat! Als der TRAINERhelfer mehrere Polizistinnen sieht,
nimmt er WINTER als Geisel und flieht –
obwohl die Polizistinnen JugendTRAINERinnen und
SOMMER jagen!
FußballTRAINER beschäftigen sich mit
SchachTRAINERinnen und TRAINERfragen.

Haushaltshilfe WINTER und Doktor SOMMER mit TROMMEL

Doktor SOMMERs Haushaltshilfe WINTER TROMMELt
mit TROMMELsticks
und TROMMELspielern vom TROMMELverein, während
SOMMER fix
zur WäscheTROMMEL zum TROMMELtrocknen im
TROMMELaufzug schwebt.
Bei TROMMELschlägen auf TROMMELinstrumente und
TROMMELmusik lebt
WINTER förmlich auf. SOMMERs TROMMELaufzug bleibt
stecken,
was bei ihm TROMMELgeräusche im Ohr, Schweißflecken
am Hemd und Atemnot auslöst!
Ein TROMMELlehrer mit TROMMELschlägelfingern
entblößt
sich vor WINTER zwischen BlechTROMMELn,
TROMMELdrucker, TROMMELpfeifen
und TROMMELboxen, und WINTER flüchtet mit steifen
Gliedern und einem TROMMELn im Ohr. Zu Hause
klebt am TROMMELaufzug das Schild mit »Revisionspause«.

Haushaltshilfe WINTER und Doktor SOMMER mit VOGEL

Doktor SOMMER und Haushaltshilfe WINTER erben
VOGELspinnen,
VOGELscheuchen, VOGELtränken und einen
KanarienVOGEL und gewinnen
beim VOGELquiz VOGELfutterstationen und eine
VOGELvoliere
mit VOGELbad, in der zwei schwere
VOGELweibchen um ein VOGELjunges neben VOGELeiern
zanken.
Vor VOGELfotos behandelt SOMMER einen VOGELwilden,
kranken
VOGELexperten mit VOGELsand und VOGELkot
im Haar, dessen Rucksack verfloht
ist. Der VOGELkundler ahmt VOGELzwitscher und
VOGELgesang
nach, bevor er SOMMER neber dem VOGELbeerbaum bang
und mit Atemnot, seltsamen GreifVOGELlauten,
Muskelschmerzen
und einem aprupten Griff zum Herzen
seine große Angst vor der VOGELgrippe gesteht.
SOMMER zertritt eine VOGELspinne, bevor er durchdreht,
dabei die VOGELtränke mit Standfuß umschmeißt
und auf VOGELdreck und VOGELfutter beißt!

Haushaltshilfe WINTER und Doktor SOMMER mit WEIDE

Doktor SOMMER und Haushaltshilfe WINTER pachten WEIDEland
mit defektem WEIDEzaun, fehlendem WEIDEtor,
baufälligem WEIDEunterstand,
WEIDEtränken, verschiedenen WEIDEnarten und morschen WEIDEpfosten
von Patient WEIDEnfeller, der seine Arztkosten
stets reklamiert. WINTER will eine BienenWEIDE anlegen,
WEIDEnkätzchen sammeln und WEIDEdraht erneuern. Nebenan bewegen
sich auf abgeWEIDEten WEIDEflächen Bauer SOMMERachs WEIDErinder,
WEIDEstiere mit WEIDEhalftern und WEIDEschafe, weil Kinder
mit WEIDEnkörben, WEIDEdünger und WEIDEnkränzen sämtliche WEIDEgatter
öffneten! SOMMER streut WEIDEgrassamen vor eine Ringelnatter
und trinkt WEIDEmilch, als WEIDEstiere zwischen WEIDEquerwegen
ihn überrennen. Beim WEIDEunfall herrscht starker Regen.

Haushaltshilfe WINTER und Doktor SOMMER mit WURM

Haushaltshilfe WINTER und Doktor SOMMER WURMen BandWURMglieder,
die Kater »TatzelWURM« vom MäusebandWURM immer wieder
nach Mäusejagden ausscheidet. WINTER liest von EntWURMungskuren,
WURMlarven, FadenWURMinfektionen,
EntWURMungsprogrammen in Entwicklungsländern und sturen
Katzen, die EntWURMungsmittel erbrechen.
»TatzelWURM« würgt EntWURMungstabletten
und EntWURMungspaste erfolgreich heraus und SOMMERs Pipetten
für die EntWURMung über die Haut findet
TatzelWURM entsetzlich. Er beißt SOMMER und verschwindet
hinter WURMkisten mit WURMkompost mitsamt WURMteilen
im Kot! SOMMER und WINTER eilen
ins Krankenhaus, weil SOMMERs Bisswunde eitert!
Wo WINTER Patienten mit WURMfortsatzentzündung erheitert,
SOMMER für sich sicherheitshalber eine Einweisung schreibt
und WINTER spontan bei Blinddarmpatient WURMitzer bleibt.

Haushaltshilfe WINTER und Doktor SOMMER mit BAUER

Haushaltshilfe WINTER und Doktor SOMMER beachten BAUERnregeln,
während Nachbar und GroßBAUER SOMMERach zum Segeln
mit WaldBAUERn vom WaldBAUERnverein im Unimog aufbricht.
Beim BAUERnquark mit BAUERnsalat im BAUERnhaus spricht
BAUERsfrau SOMMERach kaum mit den BAUERsmägden, BAUERsknechten
und der BAUERnschlauen BAUERntochter, die gegen schlechten
Lohn für SOMMERach BAUERnomlette, BAUERnzöpfe und BAUERnbrote
backen und in BAUERnstuben auf BAUERnschränken tote
Fliegen entfernen müssen. SOMMERach, der
BAUERnverbandspräsident, BAUERnsöhne,
WaldBAUERn und eine StädteBAUERin können das schöne
SOMMERsonnenwetter nicht recht genießen, weil eine BAUERnmagd,
die unentwegt BAUERnregeln, BAUERnweisheiten und BAUERnartikel aufsagt,
mit BAUERsknechten Löcher in den Bootsboden stanzte,
als SOMMERach mit AutoBAUERinnen einen BAUERntanz tanzte.
Der BAUERnverbandspräsident und ein OrgelBAUER suchen Rettungswesten,
während SOMMERach und WaldBAUERn den Notruf testen!
SOMMER und WINTER informieren sich dieser Tage
über ÖkoBAUERn, BAUERnorchideen, VogelBAUERn und
die BAUERneuerungsrücklage.

Haushaltshilfe WINTER und Doktor SOMMER ohne LÖSUNG

Haushaltshilfe WINTER und Doktor SOMMER arbeiten
LÖSUNGsorientiert
an LÖSUNGsformeln. Beim SOMMERfest der Ärzte prämiert
ein LÖSUNGsarchitekt für SoftwareLÖSUNGen die besten
LÖSUNGsskizzen,
NährLÖSUNGen, LÖSUNGsimpulse, PatentLÖSUNGen und
LÖSUNGsideen! LÖSUNGsfinder sitzen
im LÖSUNGslabor vor KochsalzLÖSUNGen, sprechen von
LÖSUNGsansätzen,
GeschäftsaufLÖSUNGen und NetzhautabLÖSUNGen, und zu
WINTERs Entsetzen
will SOMMER die Ungiftigkeit von NährLÖSUNGen
beweisen –
er trinkt, während er von AlternativLÖSUNGen,
WINTERreisen,
BilschirmaufLÖSUNGen, LÖSUNGseffekten und
LÖSUNGsmengen schwafelt, von giftigen
SubstratLÖSUNGen! Als ein LÖSUNGsanbieter WINTER
ohne triftigen
Grund in seine SOMMERresidenz einlädt und
LÖSUNGsstrategien
erklärt, sieht sie SOMMER unterm Tisch knien.
WINTER murmelt LÖSUNGsworte und folgt dem
LÖSUNGsanbieter.
Er verrät ihr RätselLÖSUNGen und heißt Dieter.

Haushaltshilfe WINTER und Doktor SOMMER RASEN

Während Bauer SOMMERachs Kaltblutpferde auf
RASENflächen RASENstoppeln
verschiedener RASENgräser abgRASEN auf ihren
RASENgrünen Koppeln,
montiert Doktor SOMMER nebenan
RASENbewässerungsanlagen,
die er auf internationalen RASENtagen
erstand. SOMMER wandert über RASENersatz und
RASENerde
auf RASENlüfterschuhen mit Metalldornen, als
herumRASENde Pferde
über seinen ZierRASEN RASEN! SOMMERs RASENroboter
verirrten
sich auf RASENvlies mit RASENsamen und sirrten
munter auf SOMMERachs WildRASEN! SOMMER lässt
RASENkuren,
RASENwalzen, RASENharken und RASENnetze fallen. Die
Hufspuren
zwischen RollRASEN, RASENtraktor, RASENgittersteinen,
RASENwaben,
RASENkalk, RASENtrimmer, RASENhumus und
Bewässerungsgraben
sind abscheulich tief! Haushaltshilfe WINTER findet
SOMMER neben der RASENheizung. Er windet
sich in Krämpfen mit HerzRASEN und Schmerz.
WINTER hält alles zunächst für einen Scherz.
Dann packt sie SOMMER, und sie RASEN
im Auto vorbei an Pferden, die gRASEN.

Haushaltshilfe WINTER und Doktor SOMMER REITEN

Haushaltshilfe WINTER und Doktor SOMMER buchen
KamelREITEN.
Beim AusREITEN in SOMMERsandalen im SOMMERurlaub
stREITEN
sie über BREITENgrade, BREITENsport und die
gewaltbeREITEN
Fußballfans allgemein, als mehrere von diesen extrabREITEN
Schwertransportern an den schREITENden Trampeltieren
vorbeifahren! Als die Kamele galoppieren,
stürzt SOMMER auf SOMMERblumen mitsamt dem
bREITEN
Kamelsattel. WINTER verschenkt die Gutscheine für
EselREITEN
und PonyREITEN. Ärzte unterbREITEN SOMMER im
Krankenhaus
Ersatzprogramme. SOMMER träumt von einer REITENden
Kopflaus,
während WINTER von ObergefREITEN zum
WellenREITEN eingeladen
wird. Und zum SOMMERlichen SpringREITEN und Baden!
SOMMER empfindet das REITEN auf Schaukelpferden
als das höchste Glück auf Erden.

Haushaltshilfe WINTER und Doktor SOMMER SCHAFFEN

Doktor SOMMER behandelt den freiSCHAFFENden Maler SCHAFFENauer,
der im SCHAFFENswahn wirr über die SCHAFFENsdauer, SCHAFFENsfreude, OberflächenbeSCHAFFENheiten und SCHAFFENskrisen sinniert
und SOMMERs Haushaltshilfe WINTER interessiert mustert. Hinter rechtSCHAFFENen, SCHAFFENskräftigen Bürgern, nach Praxisschluss,
folgt SCHAFFENauer WINTER am SOMMERabend zum Bus.
SCHAFFENauer erklärt WINTER die BeSCHAFFENheit von Waren,
die ErSCHAFFENheit des Korans, SCHAFFENslust, die Gefahren
im Straßenverkehr, SCHAFFENskraft, SCHAFFENsrausch, SCHAFFENskrisen, BeSCHAFFENheitsmängel
und SCHAFFENsprozesse. SCHAFFENauer schubst den Bengel,
der sich neben KunstSCHAFFENden Platz verSCHAFFEN mag, WINTER und KulturSCHAFFENde, die gaffen,
mitten auf die Straße vorm Café »SCHAFFENsraum«!
Für den SCHAFFENsfrohen Busfahrer beginnt ein Albtraum.

Haushaltshilfe WINTER und Doktor SOMMER SCHLAFEN

Doktor SOMMER stellt sich SCHLAFENd zur
SCHLAFENszeit.
In WINTERnächten liest Haushaltshilfe WINTER bis weit
nach Mitternacht! WINTER liest von SCHLAFENden
Hunden,
Beischlaf, SCHLAFENtzug und eingeSCHLAFENen Füßen.
SOMMERs Schlafstunden
in WINTERsocken und WINTERunterhose sind gezählt!
SOMMER wird vom WINTERlichen Stimmungstief gequält.
Als WINTER laut über SCHLAFENzyme, WINTERharte
Zierkirschen,
verschollene WINTERbergsteiger und WINTERliche
Ruhezustände bei Hirschen
liest, wechselt SOMMER ins WINTERquartier
vom Wohnmobil und bestellt vier
Sätze WINTERreifen, bevor er auf abgefahrenen
SOMMERreifen
im SOMMER-Cabrio, verSCHLAFEN und mit steifen
Gliedern bei WINTERlichen Straßenverhältnissen ins
Nirgendwo aufbricht.
In unausgeSCHLAFENem Zustand bei Missachtung der
WINTERreifenpflicht.

Haushaltshilfe WINTER und Doktor SOMMER sind ÄLTER

Haushaltshilfe WINTER und Doktor SOMMER sind ÄLTER
geworden. WINTER beschäftigt einen eigenen ÄLTERen
HaushÄLTER,
neuerdings! Ihr wird schneller kÄLTER
als dem HaushÄLTER, der BehÄLTER
mit Deckel poliert. SOMMERs ÄLTERe Schwestern
verstarben unerwartet beim absoluten KÄLTERekord,
gestern!
SOMMER, WINTER und der HaushÄLTER sind irritiert.
Auf KÄLTEReize hatten SOMMERs Schwestern stark
reagiert,
kurz vorm Tod. Zwei ÄLTERe, kÄLTEResistente
Ortsansässige
vergifteten das Trinkwasser im HochzonenbehÄLTER,
schrieben gehässige
Drohbriefe und sitzen zwar jetzt im Gefängnis –
wem wird das Trinkwasser noch zum Verhängnis?

Haushaltshilfe WINTER und Doktor SOMMER sind DEUTSCH

Doktor SOMMERs Haushaltshilfe WINTER steht mit DEUTSCHlandkarten
und schweizerDEUTSCHen DEUTSCHlandurlaubern am Bahnhof. Alle erwarten
Züge der DEUTSCHen Bahn. Mit DEUTSCHen Schäferhunden
sind Hundeführer aus der DEUTSCHherrenstraße wegen Bombenfunden
im Gleisbett unterwegs. DEUTSCHsprachige Chinesen
neben DEUTSCHlehrerinnen und DEUTSCHamerikanern lesen
einander aus DEUTSCHbüchern vor, wobei sie DEUTSCHnoten
vergeben. Hundeführer erklären, DEUTSCHrapper hätten einen toten
südDEUTSCHen Fuchs im Gleisbett beim DEUTSCHinstitut gesichtet,
während ein wartender DEUTSCHlehrer aus NordDEUTSCHland berichtet,
die Geschichte mit dem südDEUTSCHen toten Fuchs
erfand die DEUTSCHe Bahn nur aus Jux!

Haushaltshilfe WINTER und Doktor SOMMER sind DICK

Doktor SOMMERs Haushaltshilfe WINTER schmiert daumenDICK Butter
auf SOMMERs Brote, weil SOMMERs DICKköpfige Mutter
darauf beharrt, während sie DICKhäutige Erbsen beäugt,
DICKhülsige Trauben vernascht, sich über DICKmilch beugt
und vom DICKlichen SOMMER im DICKkopfalter erzählt.
Und WINTERs DICKe Papageien mit DICKmachern quält,
die diese in Form von DICKen Klecksen
über DICKhülsigen Trauben, DICKwandigen Espressotassen und DICKblattgewächsen
verteilen. SOMMERs Mutter plappert über DICKflüssiges Blut
und dass sie mit ihrem DICKdarmkrebs gut
lebt. WINTER pflückt DICKröhrlinge unter DICKstämmigen Laubbäumen.
Als SOMMERs DICKbauchige Mutter ihr das Aufräumen
empfiehlt, jubelt WINTER ihr giftige DICKröhrlinge unter,
im Pilzauflauf. SOMMERs Mutter gibt sich munter!

Haushaltshilfe WINTER und Doktor SOMMER sind EIGEN

Haushaltshilfe WINTER und Doktor SOMMER tanzen
RingelrEIGEN
zwischen Bäcker EIGENspachers BrottEIGEN und mit
FEIGEN
gefüllten ObststEIGEN vom Obstbauer EIGENlob!
Weideschweine zEIGEN
neben Metzger REIGENbach, FEIGENblätter beknabbernd,
in ObststEIGEN
wühlend und quiekend, WINTER Zuneigung und vernEIGEN
sich in SOMMERs Werbevideo! Klänge von GEIGEN
untermalen sämtliche Szenen. Ein Hersteller von
EIGENheimen
lässt WINTER EIGENe witzige Texte dazu reimen
und wird auch im Werbevideo ausgestrahlt,
das der Hersteller von Großbildschirmen bezahlt,
der diese EIGENhändig in SOMMERs Wartezimmer einbaut.
Kurz drauf werden SOMMERs üppige Werbeeinnahmen
geklaut.

Haushaltshilfe WINTER und Doktor SOMMER sind EINSAM

Doktor SOMMERs Haushaltshilfe WINTER erforscht die
EINSAMkeit
der Bergwelt! Laut SOMMER darf sie jederzeit
anrufen. Beim EINSAMmeln von hübschen Steinen
trinkt sie LEINSAMentee und keinen kleinen
Verdauungsschnaps. Ein EINSAMkeitsgefühl überfällt
WINTER. Sehr pEINSAM
findet sie, dass ein Bursche, der EINSAM
des Weges zieht, sie im Gebüsch sieht.
Die verEINSAMte WINTER will sich im Naturschutzgebiet
erleichtern! Der Bursche spricht wirr von EINSAMigen
Steinfrüchten, KlosterEINSAMkeit, gemEINSAMen
Ausschüssen, LEINSAMengel und gleichnamigen
Polen, während er WINTER zum EINSAMen Schuppen
lenkt. Er will gemEINSAM weiterwandern! Zwei
Wandergruppen
ziehen vorbei und tauschen GemEINSAMkeiten
aus. Wird WINTER spontan hinterdreinschreiten?

Haushaltshilfe WINTER und Doktor SOMMER sind ERNST

Doktor SOMMER verschreibt bierERNSTen Bauern
ERNSThaft Stimmungsaufheller!
Durchs geplante FERNSTraßennetz soll der Verkehr
schneller
fliesen. Die modERNST ausgestatteten BauERNSTuben
müssen verschwinden,
erklärt der schüchtERNSTe und nüchtERNSTe beim
Zubinden
seiner Schnürstiefel. Ein wartender OpERNSTar mit
BERNSTeinketten,
bERNSTeinbraunen Augen und WestERNSTiefeln will die
netten
Bauern mit ERNSTer Musik beschallen,
was den ERNSTesten von allen
gewaltig auf die Palme bringt!
Als der OpERNSTSar todERNST singt,
stimmt SOMMERs Haushaltshilfe WINTER ein. Der
OpERNSTar
erklärt tiefERNST, dass die FERNSTraßentrasse neuerdings
unklar
wäre. Politiker hätten urplötzlich ERNSTliche Zweifel
gekriegt!
Ob's am ERNSTzunehmenden Gegner, dem OpERNSTar,
liegt?

Haushaltshilfe WINTER und Doktor SOMMER sind FÄHIG

Die Krankenkassenangestellte WINTERstedt erklärt Doktor
SOMMER ArbeitsunFÄHIGkeitsdaten,
FÄHIGkeitskonzepte, ArbeitsunFÄHIGkeitsanalysen, ihre
BindungsunFÄHIGkeit und ihren privaten
bankFÄHIGen Businessplan. Von SOMMER erhält
WINTERstedt ArbeitsunFÄHIGkeitsbescheinigungen; ein
Psychiater erstellt
ihr eine WegeunFÄHIGeitsbescheinigung wegen
Sozialphobie.
WINTERstedt hat Schmerzen im Knie,
fühlt sich bewegungsunFÄHIG und unFÄHIG, irgendwelche
FÄHIGkeiten,
die ihr mit EinsatzFÄHIGkeit sonst Spaß bereiten,
auszuführen. SOMMER besucht mit Haushaltshilfe WINTER
WINTERstedt,
die mitsamt einer UnzurechnungsFÄHIGkeitserklärung
unterm funktionsFÄHIGen Wasserbett
neben der busFÄHIGen Steckdose auf saugFÄHIGen
Handtüchern
liegt. WINTER entdeckt bankFÄHIGe Goldbarren hinter
Büchern!
Weil WINTER WINTERstedt nur gering lebensFÄHIG
erscheint,
entwendet sie Goldbarren. SOMMER grinst, WINTERstedt
weint!

Haushaltshilfe WINTER und Doktor SOMMER sind FORSCH

Doktor SOMMERs Haushaltshilfe WINTER durchFORSCHt mit FORSCHerdrang
und FORSCHerblick Krankenakten eines nassFORSCHen FORSCHungsingenieurs stundenlang,
der mit seiner FORSCHergruppe TierFORSCHung im FORSCHungsinstitut
für KosmetikFORSCHung durchführt. Mit FORSCHem Auftreten vertut
WINTER sich bei seiner Medikamentenzusammenstellung! SOMMER überlässt
dem FORSCHungsingenieur unerFORSCHte Pillen, weil er fest
an deren Wirkung glaubt. WINTER gewinnt drei Kisten Bier und FORSCHungsmikroskope von einer FORSCHungsbrauerei,
während der FORSCHungsingenieur auf einer FORSCHungsreise
auf einem FORSCHungsschiff vor FORSCHungsergebnissen leise
neben einer TierFORSCHerin an plötzlichem Herzversagen stirbt.
Was später WINTERs und SOMMERs Appetit verdirbt!

Haushaltshilfe WINTER und Doktor SOMMER sind FROH

Haushaltshilfe WINTER und Doktor SOMMER arbeiten tatenFROH.
FROHnatur und Installateur FROHsinn erneuert hinterm Patientenklo
AblauFROHrverbinder und AblauFROHrbögen und pfeift FROHgelaunt,
während er eine uralte DampFROHrleitung bestaunt.
FROHsinnig klopft FROHsinn mit einem Hämmerchen dagegen
und summt lebensFROH, als sich Wandaufhängungen bewegen
und die verrostete, zerlöcherte DampFROHrleitung prompt
vorm kurz unFROH dreinblickenden FROHsinn herunterkommt!
SOMMER reklamiert schadenFROH beim Vermieter einen Wasserschaden
und geht mit WINTER im FROHalpsee baden.
Im Klo tüfteln erwartungsFROHe Mitarbeiter von FROHsinn.
Die Arbeiten ziehen sich hin. Bis SOMMERbeginn!

Haushaltshilfe WINTER und Doktor SOMMER sind GLÄUBIG

Doktor SOMMERs leichtGLÄUBIGe Haushaltshilfe
WINTER erstand GLÄUBIGerimmobilien.
RechtGLÄUBIGe und zukunftsGLÄUBIGe
GLÄUBIGervertreter weilen auf Sizilien.
Laut GLÄUBIGerbank wurden GLÄUBIGerkonten
leergeräumt. WINTERs GLÄUBIGerkapital
»war einmal«, und auch SOMMERs große Anzahl
an GLÄUBIGeranträgen, GLÄUBIGererklärungen und
GLÄUBIGerpapieren
sind größtenteils gut gefälscht, informieren
übermäßig freundliche GLÄUBIGerberater, die einen
GLÄUBIGerwechsel empfehlen,
SOMMER aber nur Zeit und GLÄUBIGerkosten stehlen,
seiner Meinung nach. GLÄUBIGerlisten und
GLÄUBIGernummern verschwinden.
Die sollen sich angeblich auf Sizilien befinden!
Gerade suchen dort etliche GLÄUBIGerberater nach
GLÄUBIGerregistern,
und zeitgleich verschwinden zwei von SOMMERs
Geschwistern!

Haushaltshilfe WINTER und Doktor SOMMER sind KRÄFTIG

Doktor SOMMER zeigt finanzKRÄFTIGen und
tatKRÄFTIGen Senioren
MuskelKRÄFTIGungsübungen. Er ist bis über beide Ohren
in die stimmKRÄFTIGe, strohblonde Logopädin verliebt,
die seiner Haushaltshilfe WINTER KRÄFTIGungsmittel gibt
und beiden Übungen zur StimmKRÄFTIGung vorführt!
Die widerstandsKRÄFTIGe und kapitalKRÄFTIGe
WINTER spürt,
nach einem mittelKRÄFTIGen Espresso und
KRÄFTIGungstonikum,
dass die Logopädin sie für dumm
verkaufen will. WINTER überweist schlagKRÄFTIGen
Boxern Geld,
um das »Problem Logopädin« aus ihrer Welt
zu entfernen, mit einigen KRÄFTIGen Schlägen.
Die Boxer verlassen mitsamt KRÄFTIGungsmitteln,
Geldbeträgen
und der mordsKRÄFTIGen, strohblonden Logopädin den
Kontinent.
WINTER überrascht SOMMER mit schlagKRÄFTIGem
Wortwitz. Konsequent!

Haushaltshilfe WINTER und Doktor SOMMER sind KREATIV

In Doktor SOMMERs Wartezimmer summt ein
KREATIVdirektor
mit Krücken und verkrustetem Blut im Ohr
unentwegt vor sich hin. Er kniet
sich vor verdutzte Patienten. Sein KREATIVgebiet,
so stammelt er wirr, ging pleite.
Doktor SOMMERs Patienten suchen das Weite,
als der KREATIVdirektor plötzlich mit Messern jongliert!
SOMMER beobachtet seine Künste fasziniert und telefoniert
seinen besten Freund, einen Zirkusdirektor, herbei.
SOMMERs Haushaltshilfe WINTER tanzt sich frei
vorm KREATIVdirektor! SOMMER und sein Freund lachen.
Der Zirkusdirektor will beiden ein Jobangebot machen.

Haushaltshilfe WINTER und Doktor SOMMER sind MUTIG

Doktor SOMMERs Haushaltshilfe WINTER erMUTIGt
unMUTIGe Gesunde
zum Aufsuchen bettlägeriger, MUTIGer Krebskranker zur
Besuchsstunde.
Eine anMUTIG dreinblickende, sterbenskranke
Perückenträgerin enthüllt,
dass ihr bald ein Herzenswunsch erfüllt
wird. MUTIGe Ärzte wollen's möglich machen!
MissMUTIGen Personen legt sie das Lachen
gegen alle Widrigkeiten und EntMUTIGungen ans Herz,
und sie gibt sich wageMUTIG, trotz Schmerz.
MUTIG erzählt sie ihre Lebensgeschichte,
bevor sie unMUTIG sämtliche Krankenberichte
beiseitestößt. Sie erMUTIGt alle, das Leben
auch mal wageMUTIG auszukosten und das Streben
nach materiellem Reichtum MUTIGst zu unterbinden.
Ein Geschenk ist, sich selbst zu finden!

Haushaltshilfe WINTER und Doktor SOMMER sind NATÜRLICH

NATÜRLICH liebt Doktor SOMMERs Haushaltshilfe
WINTER NATÜRLICHe
Haare! Nach widerNATÜRLICHen Chemotherapien hat sie
figürliche
Probleme – sie ist geradezu unNATÜRLICH schmal
und, trotz aller gespielten NATÜRLICHkeit, fahl
im Gesicht. Die NATÜRLICHen, wilden Locken
fehlen. WINTERs Mund ist unNATÜRLICH trocken.
NATÜRLICH macht auch SOMMER mit Chemotherapeutika
Geschäfte
und empfiehlt WINTER die Beschwörung
überNATÜRLICHer Kräfte!
NATÜRLICHes Obst brennt höllisch in WINTERs Rachen,
da empfiehlt ihr SOMMER, die Augen aufzumachen!
WINTER kann die UnNATÜRLICHkeit des Albtraums
spüren
und muss unwillkürlich SOMMERs NATÜRLICHe
Halbglatze berühren!

Haushaltshilfe WINTER und Doktor SOMMER sind PATEN

Bauer SOMMERach schwingt nach SPATENstichen den SPATEN.
Doktor SOMMER und Haushaltshilfe WINTER werden ApfelbaumPATEN
auf SOMMERachs umfunktionierter WINTERkoppel!
WINTER krault
ihre PATENkuh, während SOMMER PATENhühner anmault,
die das Eierlegen verweigern. Während bestimmter Besuchszeiten
dürfen SOMMER und WINTER uralte PATENpferde reiten,
striegeln und füttern, wonach sie von PATENziegen
und PATENschafen nach einer PATENfeier Milch kriegen.
SOMMERach verkauft innerhalb von Stunden
enorm viele PATENausweise und PATENurkunden.
Am PATENfest gewinnen SOMMER und WINTER PATENschaften,
was später ihre Konten kaum mehr verkraften.
SOMMERach aber freut sich total:
Zwei PATENonkel bilden sein Personal!

Haushaltshilfe WINTER und Doktor SOMMER sind SCHEU

Doktor SOMMERs Haushaltshilfe WINTER gerät mit
arbeitsSCHEUen
und lichtSCHEUen Jägern vor SCHEUnenwänden zwischen
neuen,
SCHEUßlichen Bundesstraßen aneinander. AufgeSCHEUchtes
Damwild
flüchtet SCHEU hinterm übergroßen Straßenschild
auf die Straße, wo Autofahrer abSCHEUlich laut
hupen und Reitern ein kopfSCHEUes Pferd abhaut
und dabei ein SCHEUnentor und VogelSCHEUchen
kaputtmacht!
Ein SCHEUes Reh springt ausgerechnet der Straßenwacht
vors Fahrzeug, als sie zur SCHEUne fährt.
SOMMER ist vom Schuh aufgeSCHEUert und kehrt
still, heimlich, leise und in aller SCHEUheit
um. Vorübergehend vergisst er den hippokratischen Eid.

Haushaltshilfe WINTER und Doktor SOMMER sind SCHLAU

Feuerwehrkommandant SCHLAUtkötter lädt Doktor SOMMER zur SCHLAUchkunde
beim SCHLAUchwagen der Feuerwehr für eine Stunde ein. SOMMER ist gelangweilt, unSCHLAU und geSCHLAUcht,
weil er beim SCHLAUheitstest so lange braucht,
dass überSCHLAUe Feuerwehrmänner ihn beim SCHLAUchaufroller
neben SCHLAUchschellen und SCHLAUchtrommeln mit voller
Absicht mit Wasser aus dem GartenSCHLAUch begießen!
SOMMER lässt seine Haushaltshilfe WINTER eine riesen Salatschüssel bringen und sieht hinterm SCHLAUchwagen SCHLAUchförmige Pilze und grüne Knollenblätterpilze herausragen.
Die mischt er, SCHLAUerweise und heimlich, hinzu.
SCHLAUmeier SCHLAUtkötter betitelt WINTER mit »dumme Kuh«,
weil der Salat so gar nicht schmeckt.
Worauf WINTER ihm einige SCHLAUchpilze mehr zusteckt!

Haushaltshilfe WINTER und Doktor SOMMER sind SICHER

Doktor SOMMERs Haushaltshilfe WINTER verSICHERt
VerSICHERungsbetrüger SICHERitz,
der SICHERheitsjalousien und stoßSICHERe Handyhüllen
mit Wortwitz
der haftpflichtverSICHERten SICHERheitsbeauftragten
SICHERmann neben dem SICHERungskasten
verkauft, dass SICHERe Medikamente und Heilfasten
ihm todSICHER helfen! SICHERitz benutzt verschmutzte
SICHERheitslanzetten
zur Blutentnahme, fastet, nimmt mit SICHERheit Tabletten
falsch ein, zeigt GangunSICHERheit und entSICHERt
eine Pistole vor SICHERheitsbeleuchtung. Er kichert,
bedroht SICHERmann, WINTER und einen
VerSICHERungsinspektor, schießt
sich zielSICHER in den Hinterkopf und schließt
seine Augen. WINTER sackt auf den Bodenbelag,
der rutschSICHER ist. SOMMER verflucht den Tag.

Haushaltshilfe WINTER und Doktor SOMMER sind STILL

Doktor SOMMERs Haushaltshilfe WINTER verkauft
STILLvergnügt soeben
einer STILLberaterin, die STILLvorbereitungskurse abhält,
SOMMERs STILLleben
mit STILLsitzenden Müttern darauf, die STILLen,
dicke Brillen tragen und für HalspaSTILLen,
blutSTILLende Nasentamponaden und STILLfreundliche
Schnuller werben!
Eigentlich will SOMMER sämtliche STILLleben
weitervererben.
Das STILLleben mit der STILLgelegten Brauerei
verkauft WINTER STILLschweigend auch, so nebenbei.
WINTER veräußert die »GrabesSTILLe«. SOMMER mag
nicht
mehr STILLhalten und haut mucksmäuschenSTILL und
schlicht
WINTER die »AbendSTILLe« um die Ohren.
Kurz fühlt SOMMER sich wie neugeboren.
Bei völliger WindSTILLe fällt das STILLleben
»Rohrstuhlgeflecht«
herunter und setzt SOMMER völlig außer Gefecht!

Haushaltshilfe WINTER und Doktor SOMMER sind TRÄGE

Doktor SOMMERs Haushaltshilfe WINTER verschenkt
TRÄGErnachthemden, TRÄGErblusen
und DachgepäckTRÄGEr an PerückenTRÄGErinnen mit
kleinem Busen,
denen SOMMER VorTRÄGE über BallaststoffTRÄGEr, wie
Leinsamen,
hält. Derweil verwechselt WINTER TRÄGE die Namen
zweier LeichenTRÄGEr, fügt GeldbeTRÄGE in
ÜberweisungsaufTRÄGE fehlerhaft
unter etlichen schadhaften DeckenTRÄGErn ein und
verschafft
ihrem TRÄGEn Darm eine kurze Bewegungspause.
Genau, als der BartTRÄGEr mit Halskrause
WINTER VersicherungsverTRÄGE aufschwatzt, brechen
WellstegTRÄGEr aus Holz,
auf die der einstige BauTRÄGEr recht stolz
war, entzwei! WINTER trägt ein TRÄGErloses Kleid,
erblickt TRÄGErbalken und tut sich entsetzlich leid.

Haushaltshilfe WINTER und Doktor SOMMER sind WILLIG

Doktor SOMMERs Nachbarn bekommen
BaubeWILLIGungen für Neubauten!
Haushaltshilfe WINTER und SOMMER hassen die lauten
Baumaschinen. PaarungsWILLIGe Saatkrähen räumen
unWILLIG das Feld.
Auch den gutWILLIGsten und zahlungsWILLIGsten
Privatpatienten missfällt
der Krach. SOMMER schließt freiWILLIG.
WINTER spendiert SOMMER einen billig
gepanschten Auslandswein. Lärmgeschädigte, eigenWILLIGe
Mieter legen
mutWILLIG und bösWILLIG Feuer und regen
sich über freiWILLIGe Feuerwehren und Berufsfeuerwehren
entsetzlich
auf. Gewiss erscheinen die arbeitsunWILLIGen Mitarbeiter
vorsätzlich
zu spät! Wobei sich sämtliche Feuerwehren
über zu viele beWILLIGte BaubeWILLIGungen beschweren!
Kein hilfsWILLIGer Feuerwehrmann kommt an die
Häuserzeile,
wegen Betonlastern und der eigenWILLIG konstruierten
Fertigbauteile.

Haushaltshilfe WINTER und Doktor SOMMER sind WIRR

Doktor SOMMER und Haushaltshilfe WINTER verWIRRen
WIRRe
Patienten in VerWIRRtheitszuständen, indem sie wie irre
Medikamente verschreiben, die VerWIRRtheit auslösen
können. Dem verWIRRten, besonders nervösen
Professor WIRRwitz-Planke mit dem diffusen SchWIRRen
über der Schilddrüse injiziert SOMMER, bei Fensterklirren
wegen Militärfliegern, Vitamine. WIRRwitz-Planke
sagt erst noch artig »Danke«,
bevor er erschrickt und wegspringt!
SOMMERs Spritzennadel bricht und dringt
ins Gewebe von dem WIRRkopf. SOMMER drückt
auf die Einstichstelle. Die Situation ist verrückt!
WINTER diskutiert mit Patient WIRRer über
KriegsWIRRen
und WeidenWIRRzopfgallmilben. Beide hören Schreie. Von
Irren?

Haushaltshilfe WINTER und Doktor SOMMER SPENDEN

Haushaltshilfe WINTER und Doktor SOMMER SPENDEN SachSPENDEN,
SPENDENdosen und SPENDENgelder nach SPENDENaufrufen. Radiostationen senden
Namen der SPENDENden, von SPENDENsammlungen, neue SPENDENideen
und diverse SPENDENkontonummern. WINTER und SOMMER drehen,
um Bauer SOMMERach und Imker WINTERbach schwitzend,
die mit SPENDENflyern winkend, auf SPENDENtöpfen sitzend,
in SOMMERs WINTERgarten verweilen, seit Stunden
mit übergroßen SPENDENquittungen, SPENDENschecks und SPENDENurkunden
Laufrunden bei WINTERs organisiertem SPENDENlauf! Im Schritt
reitet Bauer SOMMERach zwischendurch für seinen SPENDENritt
auf seinem Zwergpony »SOMMERsonne« auf WINTERgarten-Pfaden.
Imker WINTERbach massiert allen dreien die Waden,
während er SPENDENvorträge hält und LebensmittelSPENDEN verzehrt.
Und »SOMMERsonne« sich wiehernd über SOMMERach beschwert!

Haushaltshilfe WINTER und Doktor SOMMER STERBEN

Doktor SOMMER interviewt zwei STERBENskranke Damen,
die von ausSTERBENden Tierarten sämtliche Namen
notieren. Einer ist STERBENselend. Es ist STERBENsstill.
Die andere betrachtet STERBENde Fliegen und will
unbedingt das WaldSTERBEN von oben mitkriegen!
Doktor SOMMER und Haushaltshilfe WINTER fliegen
mit ihr! SOMMER ist STERBENslangweilig und
STERBENskalt.
WINTER hat eine STERBENsangst und steht unangeschnallt
neben Toiletten, als die beiden STERBENskranken
STERBEN;
exakt zur selben Zeit! Die beiden vererben
mitSTERBENden Angehörigen Immobilien. SOMMER und
WINTER erhalten
Geld. Sie sollen STERBENde Wälder neu gestalten!

Haushaltshilfe WINTER und Doktor SOMMER SUCHEN

Haushaltshilfe WINTER und Doktor SOMMER erSUCHEN SUCHENbecks
zu GehverSUCHEN draußen und zu BeSUCHEN zwecks
Informationsaustausch. Nach KreditSUCHEN,
MedikamentenverSUCHEN, SelbstmordverSUCHEN und ErpressungsverSUCHEN
bekommt SUCHENbeck von SOMMER bei HausbeSUCHEN Sandkuchen
für den futterSUCHENden Hund, Gutscheine für beSUCHENswerte
Veranstaltungen für GottSUCHENde, RatSUCHENde,
StellenSUCHENde und Konzerte.
Emilia SUCHENbeck übt das SUCHENde Blicken
auf den Fernsehbildschirm und den dicken
SUCHENbeck. WINTER nagelt SUCHENbecks zu ZoobeSUCHEN fest;
aber weil SUCHENbeck Regen wie die Pest
hasst, SUCHEN alle nach Nahrung im Schrank
und bleiben daheim. SOMMER schreibt SUCHENbecks krank.

Haushaltshilfe WINTER und Doktor SOMMER TANZEN

Nichten von Haushaltshilfe WINTER nennen sich
»ConsTANZEN«.
Für Tanzwettbewerbe kombinieren sie BauchTANZEN und
SteppTANZEN.
Wenn sie vorbeiTANZEN, weil sie weite DisTANZEN
fürs TurnierTANZEN fahren, übt Doktor SOMMER
SchauTANZEN,
SoloTANZEN, das HerumTANZEN und VorTANZEN
generell, SeniorenTANZEN
mit Krankenschwester TANZENberg und das Plätzchen
aussTANZEN
zuvor! TANZENberg zeigt SOMMER TANZEnsembles am
TANZENplatz,
das EisTANZEN an WINTERabenden und ihren Schatz,
den Mops »TANZENgel«, der das FigurenTANZEN
vorführt!
Getarnt mit WINTERmütze, WINTERmaske und
WINTERschal spürt
WINTER SOMMER und TANZENberg mit den
»ConsTANZEN«
nach; sie verabreichen den beiden chemische SubsTANZEN
in K.O.-Tropfen auf WINTERkabeljau im Café
»WINTERbach«!
Werden SOMMER und TANZENberg jemals wieder wach?

Haushaltshilfe WINTER und Doktor SOMMER über ACHTUNG

Doktor SOMMER und Haushaltshilfe WINTER fotografieren
SchneeverfrACHTUNGen,
während Bauer SOMMERach nebenan eine
HofschlACHTUNG, WetterbeobACHTUNGen
und ÜbernACHTUNGsangebote macht. Ein
ÜbernACHTUNGsgast ist Tieraktivist.
ACHTUNGsheischend schleudert er SOMMER und
WINTER Mist
entgegen, besteigt in geistiger UmnACHTUNG ein Stalldach,
wirft irgendwelche BegutACHTUNGsrichtlinien mit
MenschenverACHTUNG auf SOMMERach
und spricht von fehlender ACHTUNG
vorm Tier und illegaler RinderschlACHTUNG.
SOMMERachs SOMMERgast verkündet
ZukunftsbetrACHTUNGen und springt
vom Dach! Nicht nur WINTER ringt
um Luft. SOMMER flüstert ihr leise
seine BetrACHTUNGsweise, seine SchlussbetrACHTUNG
und ÜbernACHTUNGspreise
von diversen ÜbernACHTUNGsunterkünften ins Ohr und
überweist
ÜbernACHTUNGspauschalen, bevor er mit WINTER
schleunigst verreist.

Haushaltshilfe WINTER und Doktor SOMMER über ADERN

Doktor SOMMER und Haushaltshilfe WINTER hADERN
wegen geparkten RadlADERN, die die HauptverkehrsADERN
verengen. Schlecht gelaunt malt SOMMER QuADERNetze
vor BandleADERN, die in ständiger Hetze
leben und über geschwollene HalsschlagADERN und
WasserADERN
klagen. WINTER empfiehlt HochzeitslADERN, Sportlern aus
NationalkADERN,
ehemaligen Piloten aus FliegerkADERN und einem blöden
Bekannten mit verengten PulsADERN das KrampADERN
veröden.
SOMMER trinkt ADERNputzer aus Knoblauch und Zitrone
mit zwei HochzeitslADERN, als er plötzlich ohne
Strom dasteht! Zwei von den BaggerlADERN haben
sämtliche ADERN von Stromkabeln durchtrennt und
ausgegraben!

Haushaltshilfe WINTER und Doktor SOMMER über ARTIKEL

Doktor SOMMERs Haushaltshilfe WINTER bestellt
ARTIKELdatenblätter, EinmalARTIKEL
und WerbeARTIKEL. SOMMER entsorgt ARTIKEL aus
Nickel
wegen seiner Nickelallergie. Supermarktleiter
WINTERmayers ARTIKELreine Paletten
mit MassenARTIKELn und EinheitspreisARTIKELn
verstellen den kompletten
Hinterhof. Weil WINTERmayer ModeARTIKEL wie
WegwerfARTIKEL behandelt
und mit ausgebauten DieselrußpARTIKELfiltern den
Hausgang verschandelt,
schlägt SOMMER WINTERmayer andere
ARTIKELstandorte
vor. WINTERmayer hat nur Widerworte
parat, während er ARTIKELbilder und ARTIKELlisten
ausdruckt,
GesetzesARTIKEL herunterbetet und auf SOMMERs Füße
spuckt!
WINTERmayer bewertet vor SOMMER ARTIKELzustände
als neuwertig,
während WINTER infektiöse ViruspARTIKEL in
Reagenzgläsern versandfertig
macht – und eins spontan auf WINTERmayer schmeißt!
SOMMER flüchtet, Glas zerbricht. Die Umverpackung reißt.

Haushaltshilfe WINTER und Doktor SOMMER über BILDUNG

Doktor SOMMER und Haushaltshilfe WINTER beraten BILDUNGsferne,
aber BILDUNGshungrige und BILDUNGsnahe Patienten über moderne
BILDUNGsromane, BILDUNGschancen und übers BILDUNGswesen.
SOMMER will noch BILDUNGsgesetze lesen,
seine ZahnsteinBILDUNG, BILDUNGsausgaben,
BlasenBILDUNGen und NarbenBILDUNGen besichtigen
und mit BILDUNGswissenschaftlerinnen und BILDUNGsreferentinnen einen wichtigen
Termin fürs BILDUNGsmonitoring festlegen. WINTER bringt BILDUNGsnachweise
und einen BILDUNGsjournalisten, der von seiner BILDUNGsreise
erzählt, in SOMMERs Behandlungsraum. SOMMER sortiert BILUNGsberichte,
BILDUNGsschecks und BILDUNGsgutscheine, liest die spannende Krankengeschichte
einer BILDUNGsministerin, verwechselt die Krankenakte und verschreibt
dem BILDUNGsjournalisten falsche Medikamente, der daraufhin fernbleibt.
Später erfährt SOMMER auf BILDUNGstagen im BILDUNGsinstitut,
dass der BILDUNGsjournalist auf dem Friedhof ruht.

Haushaltshilfe WINTER und Doktor SOMMER über DAUER

Doktor SOMMERs Haushaltshilfe WINTER absolviert
anDAUERnd AusDAUERläufe
mit AusDAUERsportler SOMMERer und DAUERgrinsen.
Ihre Einkäufe
übernimmt der beDAUERnswerte, DAUERmüde SOMMER
trotz DAUERinhalation
wegen DAUERgast Bronchitis, DAUERton im Ohr,
Hungerlohn,
DAUERhusten, DAUERkopfschmerz, DAUERstress und
DAUERdurchfällen.
WINTER und DAUERredner SOMMERer stellen
einen Rekord im DAUERschwimmen bei DAUERregen
auf! SOMMER mag sich kaum bewegen
wegen DAUERschwindel. Er verschlampt DAUERfilter für
Kaffee.
Nach DAUERnachtschichten tut ihm DAUERnd alles weh.
Dann wollen WINTER und SOMMERer im DAUERküssen
bei DAUERfrost einen Weltrekord aufstellen und müssen
den Versuch beDAUERnswerterweise neben ihren
DAUERrivalen beenden,
weil Arztkollegen Todesanzeigen vom DAUERkranken
SOMMER versenden!

Haushaltshilfe WINTER und Doktor SOMMER über FINGER

Doktor SOMMERs Haushaltshilfe WINTER beFINGERt
gequetschte WurstFINGER
mitsamt FINGERringen und FINGERschienen vom
ehemaligen Kampfringer
und LangFINGER FINGERle. SOMMER begutachtet
FINGERles FINGERbruch
am SchnappFINGER, verlängert die Krankmeldung, bemerkt
Mundgeruch
und schenkt FINGERle latexfreie FINGERlinge.
Mit einer FINGERsäge, einer Rasierklinge
und FINGERspitzengefühl behandelt FINGERle
FINGERnagelpilz, ein FINGERgeschwür,
FINGERwarzen, FINGERinfektionen und FINGERknacken
und erhält dafür
eine erneute Krankmeldung. FINGERle klaut mit
FINGERverbänden
und FINGERkuppenschutz und vergisst niemals das
Absenden
der Krankmeldungen! - FINGERle befällt Krebs am
ZwölfFINGERdarm.
Er verstirbt FINGERlos neben FINGERrosenkränzen und
arm.

Haushaltshilfe WINTER und Doktor SOMMER über FREIHEIT

Doktor SOMMERs Haushaltshilfe WINTER druckt seit Stunden
»Die FREIHEITliche demokratische Grundordnung«,
FREIHEITssymbole, FREIHEITssymphonien, FREIHEITsurkunden
aus Amerika, FREIHEITsgöttinnen, FREIHEITshallen, FREIHEITsfahnen
und Fotos von SOMMERs Urahnen.
SOMMER belehrt im Geschäftsflugzeug derweil diejenige
über BeinFREIHEIT, die ihm seine wenige
wegnimmt. Mit einem FREIHEITslied auf den Lippen
sehen Passanten WINTER aus dem Fenster kippen,
als sie ein französisches FREIHEITszeichen
aufhängt. WINTER heult zum Steinerweichen!
SOMMER erklärt dicken Frauen FREIHEITsgrundrechte,
FREIHEITsliebe, FREIHEITsformen,
FREIHEITsgrade von Gelenken, KeimFREIHEIT und den enormen
FREIHEITsdrang von Männern, die FREIHEIT lieben.
Der Flugzeugabsturz geschieht morgens um sieben;
Grund ist unter anderem eine Schlägerei.
SOMMER und eine Dicke waren dabei.

Haushaltshilfe WINTER und Doktor SOMMER über FUNKTION

Doktor SOMMERs Haushaltshilfe WINTER darf
FUNKTIONswaschmittel testen,
während SOMMER mit FUNKTIONshosen,
FUNKTIONsunterwäsche, FUNKTIONshemden,
FUNKTIONswesten
und einer FUNKTIONsoberärztin mit
SchilddrüsenüberFUNKTION,
FUNKTIONsrucksack und gestörter AtemFUNKTION schon
wieder SOMMERnachmittage im SOMMERbad verbringt!
Zwischen FUNKTIONssofa und FUNKTIONsbett wringt
WINTER FUNKTIONssocken und FUNKTIONshandtücher
aus, bucht FUNKTIONelles
Kraftaufbautraining trotz körperlicher
FUNKTIONseinschränkungen und ein schnelles
Date mit dem Studenten, der FUNKTIONsmassagen
durchführt!
Während WINTER den Studenten in sich spürt,
hyperventiliert die FUNKTIONsoberärztin neben SOMMER
und FUNKTIONsjacken!
Unter FUNKTIONsstoffen spürt SOMMER Angstschweiß im
Nacken.

Haushaltshilfe WINTER und Doktor SOMMER über GALLE

Vorm Referat über die GALLE
verliert Doktor SOMMER wirklich alle
Notizen! Haushaltshilfe WINTER souffliert ihm sämtliche
Informationen
zu GALLEnblasenwänden, GALLEnblasenkrebs,
GALLEnzysten, GALLEnröhrlingen, unnötigen
GALLEnoperationen,
GALLEnvergiftungen, HühnerGALLE und dem
NachtigGALLEnlaut!
Professor Doktor Doktor GALLEnbach schaut
irritiert, als WINTER GALLEntabletten vertilgt, zwei
Aufziehmäuse
vor SOMMERs Füße setzt und gezeichnete
SpiralGALLEnläuse
hochhält, die sie wirklich genauestens beschreibt!
SOMMER spuckt Gift und GALLE, bleibt
im Hintergrund und will im Erdboden versinken,
als WINTER GALLEnbach GALLEntees serviert, die
stinken.

Haushaltshilfe WINTER und Doktor SOMMER über GAUNER

Ein stadtbekanntes GAUNERpärchen sitzt mit
GAUNERbeute
in Doktor SOMMERs Wartezimmer. Mehrere Leute
verschwinden, als die beiden GAUNERzinken
legen und erGAUNERten Alkohol trinken.
Die GAUNERbraut erklärt einen üblen GAUNERtrick,
und ihr GAUNERgehilfe mit dem GAUERNblick
erläutert am Mobiltelefon GAUNERwörter aus der
GAUNERwelt
und wie er GAUNEReien im Internet anstellt!
Schließlich flüchten die Letzten, die warten.
SOMMER und Haushaltshilfe WINTER können durchstarten,
zum SOMMERanfang in SOMMERkleidung, ins verlängerte
Wochenende!
Beide schütteln ihren engagierten GAUNERn die Hände.

Haushaltshilfe WINTER und Doktor SOMMER über GEFLÜGEL

Haushaltshilfe WINTER und Doktor SOMMER teilen
GEFLÜGELbraten,
GEFLÜGELsalat und GEFLÜGELbällchen in
GEFLÜGELsoße und erraten
den »GEFLÜGELhändler« beim heiteren Beruferaten vom
GEFLÜGELzuchtverband!
SOMMER hört vom GEFLÜGELschlachter aus Deutschlands
GEFLÜGELland
»GEFLÜGELte Worte« aus Goethes Faust,
während WINTER zur Toilette saust.
Neben SOMMER streitet ein Auftragskiller,
der GELÜGELte Worte von Schiller
rezitiert, mit GEFLÜGELzüchtern vom
GEFLÜGELzuchtverein.
Ein GEFLÜGELproduzent wirft einen Stein,
der zwischen GEFLÜGELbrühe, GEFLÜGELauflauf,
GEFLÜGELmessern und GEFLÜGELknochen
landet. Die Veranstaltung wird von Tierschützern
unterbrochen,
und der Auftragskiller ist in seinem Element!
Er spricht GEFLÜGELte Worte, die keiner kennt,
greift nach der elektrischen GEFLÜGELschere
und zielt probeweise ins Leere.

Haushaltshilfe WINTER und Doktor SOMMER über GLUTEN

Doktor SOMMER testet Professor GLUTENbergs
GLUTENfreies Produkt –
ein GLUTENfreies Walnussbrot, wobei er Walnussschalen
ausspuckt
und seinen lockeren Goldzahn hinunterschluckt.
GLUTENbergs GLUTENfreie
Plätzchen mit dem GLUTENersatz aus GLUTENbergs
Testreihe
verweigern SOMMER und Haushaltshilfe WINTER
deswegen.
Weil SOMMER die Zahngeschichte nicht belegen
kann, verweigert GLUTENberg Schadenersatzzahlungen.
SOMMER vergisst GLUTENintoleranz,
GLUTENverzicht und GLUTENwerte und gibt
GLUTENberg ganz
vernichtende Bewertungen im Internet. Völlig auf
GLUTENentzug
schreibt SOMMER, dass GLUTENbergs GLUTENchecks
nur Betrug
wären, und er schreibt von den Walnussschalen
im GLUTENfreien Brot. Neuerdings schwinden SOMMERs
Patientenzahlen!

Haushaltshilfe WINTER und Doktor SOMMER über GRAMM

Doktor SOMMERs Haushaltshilfe WINTER bekommt vom
ProGRAMMansager
GRAMMer WaschproGRAMMe, GRAMMgenaue
Küchenwaagen, ProGRAMMzeitschriften,
DateiwiederherstellungsproGRAMMe, SOMMERschlager,
FitnessproGRAMMe, GRAMMophone,
DruckerproGRAMMe und Tipps gegens Doppelkinn
empfohlen. Witzigerweise weisen ein ProGRAMMchef und
ProGRAMMansagerin
GRAMMbitter WINTER auch aufs dicke
Doppelkinn hin, dass der schicke
Schönheitschirurg GRAMMdorf gewiss gut operieren
könnte! WINTER probiert's mit wegtrainieren,
bis ihr GRAMMdorf persönlich sein SofortproGRAMM gegen
ihr Doppelkinn vorstellt. Weil auch SOMMERs Kollegen
GRAMMdorf wärmstens empfehlen, lässt WINTER ihn
loslegen!
Seitdem kann WINTER den Mund nicht zubewegen.

Haushaltshilfe WINTER und Doktor SOMMER über GRÖßE

Doktor SOMMER verGRÖßErt mit Bauer SOMMERach
Kuhkoppeln.
SOMMER will GRÖßEre Geländewagen, die PraxisGRÖßE
verdoppeln
und, wie SOMMERach, seine Macht
verGRÖßErn! In einer lauen SOMMERnacht
träumt SOMMER, dass er GRÖßEnwahnsinnig losmarschiert,
billige Schuhe in GRÖßEren SchuhGRÖßEn importiert
und diese in den GRÖßEren Praxisräumen ausstellt.
Bauer SOMMERach und SOMMERs Haushaltshilfe
WINTER gefällt
dies! Ein GRÖßErer Orthopädieladen fertigt GRÖßEre
Einlagen,
dadurch kann jedermann SonderGRÖßEn und ÜberGRÖßEn
tragen.
SOMMER braucht in allen Fällen
einfach nur mehrere Rezepte ausstellen.

Haushaltshilfe WINTER und Doktor SOMMER über GRÜNDE

Doktor SOMMERs Patient GRÜNDElhardt erbte eine GRÜNDErbank,
eine GRÜNDErwerkstatt, GRÜNDErgeist und GRÜNDErkaufhäuser, ist alkoholkrank
und besucht SOMMER aus KrankheitsGRÜNDEn nach GRÜNDErstammtischen.
GRÜNDElhardt lädt SOMMERs Haushaltshilfe WINTER zum Anfischen
am SOMMERteich mit GRÜNDErinnen aus der GRÜNDErinnenzentrale
ein. Weil FirmenGRÜNDEr noch GRÜNDElhardts Sex-Skandale
erGRÜNDEn, hält WINTER sich wegen BerufsGRÜNDEn, GewissensGRÜNDEn
und aus BequemlichkeitsGRÜNDEn fern. GRÜNDELhardts Sex-Sünden
werden ihm beim GRÜNDErtreffen nach dem GRÜNDErgrillen
zum Verhängnis, wo er mit einer stillen ExistenzGRÜNDErin mineralische UnterGRÜNDE
erGRÜNDEt, die dabei austickt
und ihn in die ewigen JagdGRÜNDE schickt!

Haushaltshilfe WINTER und Doktor SOMMER über HEILUNG

Haushaltshilfe WINTER und Doktor SOMMER geben
HEILUNGsseminare!
Zwischen HEILUNGsmusik und HEILUNGssprüchen
formuliert SOMMER unklare
HEILUNGsabläufe, HEILUNGsimpulse, HEILUNGsziele,
HEILUNGshemmende Faktoren, HEILUNGskosten,
WundHEILUNGsprozesse
und HEILUNGszahlen. Redakteur SOMMERfeld von der
Boulevardpresse
schwenkt im HEILUNGsraum des HEILUNGstempels
HEILUNGsstäbe –
was wäre, wenn's wirklich HEILUNGsengel gäbe?
SOMMERfeld schüttet hochprozentigen Schnaps in seinen
HEILUNGstrank,
denkt an QuantenHEILUNG und fühlt sich krank,
als er aufsteht, vom HEILUNGsgottesdienst spricht
und wegen seiner HEILUNGskrise ohnmächtig
zusammenbricht!
WINTER singt ein HEILUNGslied über ein
HEILUNGswunder,
lebensspendende HEILUNGsgebete und HEILUNGsmantras,
während SOMMERs gesunder
Menschenverstand Alarm schlägt und aller HEILUNGszauber
verschwindet.
WINTER verkleidet sich als HEILUNGsengel und verbindet
allen HEILUNGssuchenden die Augen vor einer
HEILUNGsquelle.
Nach HEILUNGsversprechen flüchten beide auf der Stelle!

Haushaltshilfe WINTER und Doktor SOMMER über HILFE

Doktor SOMMERs Haushaltshilfe WINTER ignoriert einen HILFEschrei,
weil SozialHILFEempfänger sich mit GehHILFEn bekriegen, zwei
HILFEtexte über HILFEthemen im HILFEfenster verschwinden, HILFEzentralen
für Essen auf Rädern HILFEsuchend zerbrochene Essensschalen
reklamieren und ein HILFEleistungslöschgruppenfahrzeug vorm Hauseingang brennt!
Ein BürogeHILFE vom HILFEtelefon eines HILFEvereins rennt
hinaus, wobei er SehHILFE, HörHILFE und diverse
HILFEersuchen und HILFEpläne verliert und seine Ferse
blutet. WINTER gießt gedankenverloren ChinascHILFE.
SOMMER ist's, der um HILFE
ruft, weil KaufmannsgeHILFEn ihn mit Maschinenpistolen bedrohen!
Während SOMMER murmelt, dass die Sitten verrohen,
schleudern bewaffnete ForstgeHILFEn den
KaufmannsgeHILFEn MontageHILFEn entgegen
und rufen: »Hände hoch und nicht bewegen!«

Haushaltshilfe WINTER und Doktor SOMMER über KLANG

Haushaltshilfe WINTER und Doktor SOMMER erhalten KLANGmassagen
im KLANGzentrum auf selbstgebauten KLANGliegen.
KLANGtherapeuten blasen
auf KLANGmobiles auf KLANGteppichen im KLANGraum.
SOMMER hört verwehte KLANGfetzen im Traum.
Eine KLANGtherapeutin liest eine KLANGgeschichte zum Frühlingsanfang
neben KLANGmöbeln, und WINTER verbessert ihren StimmKLANG,
als ein KLANGtherapeut mit KLANGröhren,
KLANGstäben und KLANGhölzern Geister beschwören
will und hängende KLANGobjekte vom Deckengewölbe fallen!
KLANGskulpturen, KLANGschalen, KLANGspiele und
KLANGreine KLANGinstrumente knallen
kurioserweise plötzlich auf SOMMER, dessen KLANGliege bricht!
WINTER zerrt KLANGtherapeuten vom
KLANGheilzentrum vor Gericht.

Haushaltshilfe WINTER und Doktor SOMMER über KNOCHEN

Doktor SOMMERs Haushaltshilfe WINTER darf
KNOCHENbrühe kochen,
während SOMMER begeistert OberschenkelKNOCHEN,
KNOCHENbrüche, HandwurzelKNOCHEN,
RippenKNOCHEN
und KNOCHENzysten röntgt und
KNOCHENuntersuchungen auf Verdacht
zusammen mit KNOCHENdichtemessungen bei Zahnärztin
KNOCHENhauer macht.
KNOCHENhauer schenkt SOMMER alte KNOCHENflöten,
spricht permanent
von KieferKNOCHEN, KNOCHENmasse,
KNOCHENchirurgischen Leistungen, dem
KNOCHENmanagement,
KNOCHENzangen, KNOCHENersatzmaterial,
KNOCHENporzellan und KNOCHENzement,
zeigt SOMMER KNOCHENsägen und durchtrennt
mitgebrachte RinderKNOCHEN mit KNOCHENtrockenem
Humor.
SOMMERs KNOCHENverankertes Hörgerät hinterm Ohr
verursacht ihm KNOCHENschmerzen und pfeift,
als er zur KNOCHENsäge greift,
so tut, als hätte er KNOCHENharten Stuhl
und KNOCHENflöte spielt. KNOCHENhauer findet
SOMMER cool!
SOMMER reserviert im Restaurant KNOCHENmühle einen
Tisch
und teilt mit KNOCHENhauer KNOCHENchips und
KNOCHENfisch.

Haushaltshilfe WINTER und Doktor SOMMER über LEBER

Beim LEBERkranken LEBERexperten LEBERecht stehen
LEBERblümchen, LEBERvitamine,
LEBERreinigungstee, LEBERtabletten und
LEBERkässemmeln in der Vitrine.
LEBERecht hat Doktor SOMMER gebeten,
ihn zwei SOMMERwochen zu vertreten.
Doktor SOMMERs Haushaltshilfe WINTER macht eine
LEBERvitalkur,
isst LEBERgeschnetzeltes mit LEBERtran und bleibt stur
zu Hause. SOMMER entdeckt in LEBERechts Praxis
LEBERhautzeichen
und LEBERflecken im Gesicht. Zwei Patienten streichen
während des Wartens LEBERwurstbrote, reden über
LEBERdiäten
und LEBERprobleme, und weil bis zum späten
Abend niemand drankommt, behandeln sie SOMMERs
Türritzen
und das Türschloss mit SekundenkLEBER und flitzen
hinaus. Zudem legen sie ein Feuer.
Glücklicherweise wird's für LEBERechts Versicherung teuer!

Haushaltshilfe WINTER und Doktor SOMMER über MÄUSE

Doktor SOMMERs Haushaltshilfe WINTER gewinnt im
Tierladen
MÄUSEfutter, ein MÄUSEgehege und WüstenrennMÄUSE
mit Dachschaden!
Behelfsmäßig stellt WINTER das MÄUSEgehege
ins Wartezimmer, wo MÄUSEriche rege
MÄUSEspeck, MÄUSEdreck und MÄUSEdraht mit
MÄUSEzähnen zernagen
und AufziehMÄUSEn eines MÄUSEzüchters und Patienten
hinterherjagen.
Der MÄUSEzüchter ist von MÄUSEbissen übersät;
er verfolgt MÄUSEnachwuchs der WüstenrennMÄUSE, gerät
außer Atem und auf MÄUSEkot,
bekommt auf der MÄUSEjagd Atemnot,
kann sich nicht mehr bewegen und hyperventiliert,
während SOMMER zwischen MÄUSEurin und
VersuchsMÄUSEn telefoniert.
WINTER liest etwas übers »MÄUSEmelken«
und beobachtet SOMMERblumensträuße beim Verwelken.

Haushaltshilfe WINTER und Doktor SOMMER über MÖBEL

Doktor SOMMERs Haushaltshilfe WINTER verMÖBELt
MÖBELpacker zwischen
KleinMÖBELn, die ihr Lügengeschichten über
EchtholzMÖBEL auftischen,
auf MahagoniMÖBELn MÖBELlacke ausschütten und
zusammenmischen,
MÖBELpolitur über PolsterMÖBEL kippen und frischen
Gartenboden auf Teppichen verteilen! SOMMER unterbricht
das AufMÖBELn von KüchenMÖBELn und spricht
ein Machtwort! Ein MÖBELdesigner steckt
Schraubenzieher in MÖBELeinbausteckdosen und verdreckt
SitzMÖBEL, BeistellMÖBEL, MÖBELleuchten und
StilMÖBEL mit MÖBELknöpfen
mit Erbrochenem. WINTER hängt über sämtlichen Köpfen
am MÖBELaufzug und schleudert MÖBELbauplatten und
MÖBELstützen
hinunter! SOMMER versucht, eine MÖBELschreinerin zu
schützen.

Haushaltshilfe WINTER und Doktor SOMMER über NIEREN

Haushaltshilfe WINTER und Doktor SOMMER uriNIEREN
neben
NIERENförmigen Schwimmbecken eines telefoNIERENden
NIERENfacharztes und übergeben
sich auf NIERENwärmer und NIERENgurte vor
TürscharNIEREN
am NIERENtisch – wobei sie sich etwas geNIEREN!
WINTER wollte nach NIERENtee mit Rum Handstand
trotz NIERENschmerzen traiNIEREN. SOMMER betäubt
seinen Verstand
mit Rum pur, was sich im Moment
nach dem Verzehr von NIERENzapfen, seinem
NIERENmedikament
und der NIERENoperation ungünstig auswirkt. Eine
NIERENexpertin
ist auf der Party des NIERENfacharztes immerhin
nüchtern und will NIERENmassagen an SchweineNIEREN
traiNIEREN.
SOMMER bringt die NIERENexpertin nach einigen Bieren
dazu, seinen NIERENbereich zu massieren
und etliche Sexpraktiken zu perfektioNIEREN!

Haushaltshilfe WINTER und Doktor SOMMER über ORDNUNG

Doktor SOMMERs Haushaltshilfe WINTER reinigt
ORDNUNGsgemäß ORDNUNGsfächer
und ORDNUNGssysteme mit ORDNUNGszwang, wobei
ORDNUNGscoach, Einbrecher
und ORDNUNGsfanatiker SOMMERhalder sie erschreckt!
Im ORDNUNGskorb unter ORNUNGskisten steckt
der Revolver vom ORDNUNGsliebenden SOMMER zwischen
ORDNUNGsmappen
und ZuORDNUNGsnummern. WINTER sieht
SOMMERhalders Mund aufklappen,
als sie ihn vor ORDNUNGsregalen erschießt,
während SOMMER WärmeschutzverORDNUNGen und
BauORDNUNGen durchliest.
Ein ORDNUNGshüter und ein ORDNUNGsreferent,
die WINTER beide gut kennt,
entsorgen SOMMERhalder nach WINTERs AnORDNUNG
gegen Gebühr.
SOMMER und WINTER sind beiden dankbar dafür.
Tags drauf vernichtet WINTER ORDNUNGspläne und
ORDNUNGsideen
und kann weder TastenanORDNUNGen noch
AdresszuORDNUNGen verstehen.

Haushaltshilfe WINTER und Doktor SOMMER über PFAND

Doktor SOMMER behandelt einen PFANDsammler und
PFANDbetrüger,
der SOMMER erklärt, wie man noch klüger
mit gefälschten PFANDetiketten und PFANDzeichen
PFANDbetrug durchführen und PFANDgeld einstreichen
kann. SOMMER druckt PFANDbons am Drucker
und verkleidet sich als armer Schlucker,
der PFANDgläser und PFANDflaschen ausgewaschen
zwischen gedruckten PFANDzetteln in PFANDtaschen
durch Getränkemärkte an PFANDautomaten
vorbeitransportiert
und PFANDgutschriften an Kassen ungeniert
einfordert! SOMMERs Haushaltshilfe WINTER demonstriert
für PFANDpflicht.
Dann muss SOMMER wegen PFANDbetrug vor Gericht!

Haushaltshilfe WINTER und Doktor SOMMER über REIBUNG

Doktor SOMMER zerlegt REIBUNGsbremsen, irgendwelche
REIBUNGsoptimierte Wälzlager,
ArtikelbeschREIBUNGen und REIBUNGsarme Stoßdämpfer
und hört Schlager.
Doktor SOMMERs Haushaltshilfe WINTER misstraut der
neuen
RechtschREIBUNG ohne ÜbertREIBUNG und verschreibt
einem treuen
Dauerpatienten EinREIBUNGen und die falschen
verschREIBUNGspflichtigen Pillen.
Während WINTER mit AbtREIBUNGspatientinnen übers
REIBUNGslose Abstillen
redet, verdrückt SOMMER mit REIBUNGsschmerz
im Knie ein großes Schokoladenherz,
liest die InhaltsbeschREIBUNG von einem Paket
und prüft, ob die REIBUNGskupplung geht.
SOMMER braust über FunktionsbeschREIBUNGen und
übriggebliebene Teile
mitsamt REIBUNGsoptimiertem Motor mitten in eine
Einkaufsmeile!

Haushaltshilfe WINTER und Doktor SOMMER über RIEGEL

Doktor SOMMERs Haushaltshilfe WINTER futtert nur SchokoladenRIEGEL,
MarzipanRIEGEL, KraftRIEGEL und MüsliRIEGEL mit Bio-Siegel
auf der Verpackung! SOMMER bekommt RIEGELprothesen eingesetzt,
bestellt SchwenkRIEGELschlösser, FensterRIEGEL und RIEGELbolzen und verletzt
sich beim Sturz auf RIEGELverleimten Treppenstufen.
WINTER bombardiert zeitgleich Schlüsselnotdienste mit Anrufen
wegen eines RIEGELbruchs im Einsteckschloss!
SOMMER liegt bewusstlos im Untergeschoss
der Zahnarztpraxis RIEGELsberger – zwischen einem RIEGELmagnet,
SchnappRIEGELn, RIEGELgriffen und EnergieRIEGELn. WINTER steht
vorm RIEGELzaun und auf Nachbar RIEGELein.
RIEGELein lädt WINTER ein zum Stelldichein!

Haushaltshilfe WINTER und Doktor SOMMER über RÖTE

Doktor SOMMER schielt zu seinen SchildkRÖTEngehegen
mit den SchildkRÖTEnhäusern. Drei SchildkRÖTEn bewegen
sich nicht, seit SOMMER die Mumps-Masern-
RÖTEln-Impfung ausprobierte. Ein SchildkRÖTEnexperte
vermutet Plastikfasern
im Wassernapf aus dem SchildkRÖTEnshop!
Weil SOMMERs LandschildkRÖTEn ein Flop
waren, schenkt er seiner Haushaltshilfe WINTER
WasserschildkRÖTEn
im Aquarium und SchildkRÖTEnsuppe, was WINTER
erRÖTEn
lässt und worauf sie erRÖTEnde Smileys absendet!
Trotz Beobachtung durch den SchildkRÖTEnexperten
TRÖTEnmann verendet
eine WaserschildkRÖTE in der AbendRÖTE. TRÖTEnmann
bestellt
mit ZornesRÖTE im Gesicht KRÖTEnechsen gegen Geld
von SOMMER, der gerade WINTERs WanderRÖTE
anschielt,
während WINTER mit PlastiktRÖTEn und KRÖTEndreck
spielt.

Haushaltshilfe WINTER und Doktor SOMMER über SCHEIDUNG

Haushaltshilfe WINTER und Doktor SOMMER lassen
SCHEIDUNGsexperten
SCHEIDUNGsversicherungen,
UnterSCHEIDUNGsmerkmale von Bakterien und
SCHEIDUNGsurteile bewerten,
SCHEIDUNGsfotos und SCHEIDUNGsbeschlüsse von
EheSCHEIDUNGen anbringen
und auf einer SCHEIDUNGsparty SCHEIDUNGsgebete
singen!
Ein SCHEIDUNGsanwalt, SCHEIDUNGsberaterinnen,
SCHEIDUNGsopfer und SCHEIDUNGscoachs mieten
SOMMERs Praxisräume öfter für SCHEIDUNGspartys und
bieten
SOMMER und WINTER dafür Urlaub in
SCHEIDUNGsimmobilien,
SCHEIDUNGstipps und Urlaub im SCHEIDUNGshotel auf
Sizilien.
Zwei SCHEIDUNGshunde von SCHEIDUNGswaisen beißen
SOMMER nach der HarnausSCHEIDUNG, entreißen
WINTERs SOMMERtasche und flüchten. Ein
SCHEIDUNGsberater demoliert
SOMMERs Praxis, während WINTER auf Sizilien friert.

Haushaltshilfe WINTER und Doktor SOMMER über SILBER

Doktor SOMMERs Haushaltshilfe WINTER verfolgt mit SILBERblick
den SILBERkurs und den SILBERpreis. Mit Geschick
fertigt sie aus FeinSILBERdraht etliche SILBERketten, benutzt
SILBERhaltige Salbenkompressen, SILBERwasser und SILBERcreme und putzt
SILBERfarbene Schuhe versuchsweise mit SILBERputztüchern. Der Kaffeeautomat
brodelt und WINTER stolpert über federharten SILBERdraht
mit SILBERgabeln und SILBERmessern in der Hand
beim Gang zur SILBERgrauen Kaffeemaschine! Die Wand
vor WINTER, den SILBERweiden und der SILBERtanne
ist blutverschmiert. SOMMER verlässt nach einer Computerpanne
die Praxis und kauft SILBERschalen und SILBERzypressen.
Hat WINTER das gemeinsame SILBERkarpfen-Essen vergessen?

Haushaltshilfe WINTER und Doktor SOMMER über SINN

Doktor SOMMERs Haushaltshilfe WINTER SINNiert vorm Sprechstundenbeginn
über LeichtSINN, SINNesorgane, SINNESzellen,
SINNzentrierte Psychotherapie, FrohSINN,
SINNanalysen und Betrachtungen von SINNdimensionen
und unSINNige Fragen zu SINNkonstruktionen.
SOMMER behandelt den SINNlich lächelnden SINNstifter SINNauer,
der widerSINNigerweise mitsamt Handy gegen eine Mauer
prallte und seitdem nur stumpfSINNig UnSINN spricht.
SOMMER krixelt hinterSINNige Äußerungen in SINNauers Arztbericht.
SINNesforscher SINNhuber referiert vor WINTER über SINNhaftigkeit
und nachSINNiges Holz und beginnt einen Streit
mit SINNauer über eine FarbSINNprüfung am mobilen
Endgerät. SINNauer will seine FarbSINNstörung SINNreich überspielen.
SINNhuber redet über GrößenwahnSINN und feinSINNigen Humor
und kramt im SäuferwahnSINN eine Handfeuerwaffe hervor!

Haushaltshilfe WINTER und Doktor SOMMER über WACHSTUM

Haushaltshilfe WINTER und Doktor SOMMER sehen
WACHSTUMsprognosen,
WACHSTUMsaktien, WACHSTUMsanalysen,
WACHSTUMsberechnungen und Bauer SOMMERachs
rigorosen
Einsatz von PflanzenWACHSTUMsbeschleunigern,
WACHSTUMsregulatoren, WACHSTUMsdüngern und
vielen
WACHSTUMshormonen kritisch. SOMMER redet von
falschen WACHSTUMszielen
und lässt WACHSTUMskritiker über die
WACHSTUMsrücknahme, WACHSTUMsschmerzen,
WACHSTUMseinbrüche und die WACHSTUMsdebatte
sprechen und scherzen,
bis WACHSTUMsbefürworter das Ruder herumreißen
und HaarWACHSTUMsmittel auf WACHSTUMsgegner
schmeißen!
WINTER quatscht von WACHSTUMsfugen, vom
WACHSTUMsende
beim Pferd und von der WACHSTUMswende,
als WACHSTUMspolitiker auf SOMMER und WINTER
schießen!
Konzentrierte WACHSTUMsdünger lassen Bauer
SOMMERachs Pflanzen sprießen.

Haushaltshilfe WINTER und Doktor SOMMER über WEITE

Haushaltshilfe WINTER und Doktor SOMMER erklären
WEITErbehandlungsgebühren
und den weltWEITEn Energieverbrauch, während
Handwerker Türen
wegen der PraxiserWEITErung aushängen, WEITErhin
WEITErmalbilder verschenken
und Computerexperten bei SystemerWEITErungen und
AdressraumerWEITErungen kränken,
sodass diese WEITEratmen, aber nicht WEITErmachen.
Beim WEITErreichen und WEITErtransportieren von
Möbelstücken krachen
Schrankwände auf Patientin WEITEder, die über
KragenWEITEn,
ihre GefäßerWEITErungen,
ProgrammiersprachenerWEITErungen, ZWEITEhen, das
unerlaubte WEITErleiten
von Patientendaten, notwendigen AutobahnerWEITErungen,
OberWEITEn
und WEITErförderungsanträgen in ihrem ZWEITEn
Leben WEITEstgehend fehlerfrei WEITERreden will.
Jedoch ist WEITEder plötzlich still.

Haushaltshilfe WINTER und Doktor SOMMER über WOCHEN

Doktor SOMMER und Haushaltshilfe WINTER schließen
WOCHENlang.
SOMMER und Bauer SOMMERach betreiben WOCHENtags
Fischfang
und schicken WINTER am WOCHENende mit Dörrfisch
in WOCHENzeitungsblättern zum WOCHENmarkt.
Zwischen WOCHENvorräten, Thekentisch,
WOCHENhoroskopen, WOCHENquerkalendern und
WOCHENanzeigern studiert WINTER WOCHENangebote
und umwickelt für WOCHENblatt-Inhaber WOCHENmayr
tote
Fische mit alten WOCHENblättern mit WOCHENnummern,
WOCHENwetter
und WOCHENumfragen. WOCHENmayr ist von WINTERs
netter
Art begeistert! Er lädt sie zu UrlaubsWOCHEN
ins WOCHENendhaus zum WOCHENgerichte und Fisch
kochen
ein! WINTER erhält zum WOCHENendjob ein
WOCHENgehalt.
SOMMER und SOMMERach wird's in DezemberWOCHEN
kalt.
WOCHENmayr lässt WINTER in WOCHENshows
auftreten!
Wegen Frostbeulen will SOMMER WOCHENgebete beten.
SOMMERach betrachtet seine Frau im WOCHENbett.
Sie findet SOMMER übrigens sehr nett.

Haushaltshilfe WINTER und Doktor SOMMER übers ENZYM

Doktor SOMMERs Haushaltshilfe WINTER empfiehlt
ENZYMhaltige Zahnpasten,
ENZYMtests, ENZYMtherapien bei Krebs, ENZYMtabletten
und ENZYMfasten.
Ein Hersteller von ENZYMreinigern und ENZYMgetränken
überhäuft SOMMER und WINTER mit Geschenken
wie SOMMERreifen, SOMMERliköre und
SOMMERurlaubstage in WINTERsporthallen,
wo beide beim SOMMERskilauf in SOMMERbademänteln
auffallen!
SOMMER wedelt mitsamt ENZYMpräparaten,
ENZYMpulver und SOMMERbieren
in Bademanteltaschen, während WINTER auf allen vieren
ENZYMlösungen anpreist, den SOMMER-Bikini löst
und sich vor SOMMERskiläufern ganz entblöst!
SOMMER sieht nicht nur WINTERs Bikini doppelt,
als er neben ENZYMreinigern über WINTER hoppelt.

Haushaltshilfe WINTER und Doktor SOMMER und der CHIRURG

Haushaltshilfe WINTER und Doktor SOMMER sezieren
Nacktschnecken
mit GefäßCHIRURGen, KieferCHIRURGen, unreinen
CHIRURGenhandschuhen und CHIRURGenbestecken.
Der GefäßCHIRURG beklagt den CHIRURGenmangel,
schwärmt von seiner neuen Hochseeangel
und macht CHIRURGenwitze neben SOMMER vorm
ElektroCHIRURGiegerät.
SOMMER übt das elektroCHIRURGische Schneiden.
WINTER näht
mit CHIRURGennadeln CHIRURGenkleidung und
CHIRURGenhauben mit Motiv,
lacht sich über CHIRURGenwitze beim CHIRURGentreffen
schief,
überreicht einem KieferCHIRURGen CHIRURGische
Instrumente und CHIRURGenscheren
und stülpt SOMMER aus Jux einen leeren
Kübel über den Kopf. SOMMERs CHIRURGenmaske sitzt,
als er sich tief mit CHIRURGenmessern ritzt!

Haushaltshilfe WINTER und Doktor SOMMER unter SPANNUNG

Haushaltshilfe WINTER und Doktor SOMMER erhalten
EntSPANNUNGsmassagen
und EntSPANNUNGstipps von
EntSPANNUNGstherapeutinnen, die außerdem Passagen
aus langweiligen, SPANNUNGslosen und
SPANNUNGsgeladenen Kriminalgeschichten
vorlesen und gegen MuskelversPANNUNGen
EntSPANNUNGssport unterrichten.
Das EntSPANNUNGshotel ist ein alter Kasten
hinter HochSPANNUNGsleitungen, dem
UmSPANNUNGswerk und HochSPANNUNGsmasten.
Bei EntSPANNUNGsübungen zwischen
SPANNUNGsquellen bekommt WINTER
SPANNUNGskopfschmerz
und VerSPANNUNGen im Nacken, während SOMMERs
Herz
bei EntSPANNUNGsmusik aufhört zu schlagen!
Ein EntSPANNUNGstrainer ruft einen Krankenwagen,
verzieht sich in die EntSPANNUNGsecke
der EntSPANNUNGsoase vor der Gartenhecke
und bucht bei der EntSPANNUNGsakademie ein
EntSPANNUNGsangebot.
Notfallärzte unter SPANNUNG bestätigen fälschlicherweise
SOMMERs Tod!

Haushaltshilfe WINTER und Doktor SOMMER vor ABFALL

Haushaltshilfe WINTER und Doktor SOMMER befestigen
ABFALLkalender,
ABFALLlisten und ABFALLverzeichnisse demonstrativ
oberhalb vom Desinfektionsmittelspender.
ABFALLeimer und ABFALLkörbe im Wartezimmer
durchwühlen ABFALLberater und ABFALLmanager immer,
seit SOMMER unter MedizinABFALL AsbestABFALL
zwischenlagerte und ChemieABFALL im Medizinball
entsorgte. WINTER diskutiert mit einem
ABFALLbeauftragten mit Liebeskummer
über ABFALLvermeidung, plötzlichen BlutdruckABFALL und
die ABFALLnummer
von Altöl und serviert ihm ABFALLfleisch ohne
Sehnen mit gedünstetem GrünABFALL, wobei eine
Zahnkrone
vom ABFALLbeauftragten im zubereiteten SchlachtABFALL
seltsamerweise steckenbleibt.
WINTER findet, dass der ABFALLbeauftragte mächtig
übertreibt!

Haushaltshilfe WINTER und Doktor SOMMER vor ARTERIEN

Doktor SOMMER entdeckt beim ARTERIENcheck
ARTERIENverengungen und einen verdächtigen Leberfleck
bei sich! Mit bleichen Wangen
bestellt SOMMER ARTERIENkanülen,
ARTERIENklemmen, ARTERIENzangen,
Medikamente gegen ARTERIENverkalkung und ein
ARTERIENkatheter-Set
und lässt seine Haushaltshilfe WINTER ein Krankenhausbett
für sich reservieren. SOMMER entnimmt hellrotes
ARTERIENblut
und fühlt sich plötzlich gar nicht gut.
Einem Patienten mit ARTERIENentzündung verabreicht und
verschreibt
SOMMER falsche Medikamente nach
ARTERIENuntersuchungen. WINTER betreibt
gerade ARTERIENgymnastik, als sich die Ereignisse
überschlagen:
Vor SOMMERs Praxis parken Notärzte und Krankenwagen!

Haushaltshilfe WINTER und Doktor SOMMER vor BAKTERIEN

Doktor SOMMER behandelt den dementen
BAKTERIENforscher SOMMERlander,
der BAKTERIENerkrankungen und SOMMERs
Haushaltshilfe WINTER durcheinander-
bringt, BAKTERIENnamen verwechselt und pausenlos
BAKTERIENkolonien bestimmt.
SOMMERlander hat Angst vor KariesBAKTERIEN und
nimmt
selbstgemachte BAKTERIENkapseln mit
BAKTERIENtoxinen und diversen BAKTERIENarten
vor SOMMER, WINTER und Patienten, die warten.
SOMMERlander spricht von BAKTERIENgeißeln und spuckt
Blut.
Seit dem BAKTERIENdichten Verschluss eines Wurzelkanals
tut
ihm alles weh! WINTER empfiehlt SOMMERlander
BAKTERIENkiller,
BAKTERIENtests und MilchsäureBAKTERIEN, als ihn ein
stiller
Herzinfarkt ereilt, der tödlich endet.
SOMMERlander hat BAKTERIENhemmende
Mundspüllösungen verwendet.

Haushaltshilfe WINTER und Doktor SOMMER vor BENZIN

Doktor SOMMER bekommt BENZINfeuerzeuge,
BENZINbetriebene Stromgeneratoren, BENZINgutscheine,
BENZINkanister, BENZINlaternen, einen
BENZINbetriebenen Holzspalter und Heilsteine
von seiner Haushaltshilfe WINTER zum Geburtstag
geschenkt.
SOMMER liebt BENZINmotoren und BENZINgeruch! Selig
lenkt
SOMMER sein BENZINbetriebenes Modellauto am
BENZINrasenmäher
vorbei und ignoriert die schimpfenden Eichelhäher.
SOMMER übersieht den Steinmarder hinterm leeren
BENZINtank
in der Tiefgarage und nimmt den BENZINgestank
in seinem BENZINer nicht wahr. Weißer Rauch
qualmt im Motorraum, nicht nur ein BENZINschlauch
ist durchgebissen; der Steinmarder demolierte einige
Leitungen!
SOMMERs ausgebrannter BENZINer prangt anderntags auf
Zeitungen.

Haushaltshilfe WINTER und Doktor SOMMER vor CHROM

Haushaltshilfe WINTER und Doktor SOMMER erklären
CHROMosomenerbanlagen,
CHROMosomenmutationen, CHROMchlorid,
CHROMosomensätze und CHROMdioxid mit vagen
Worten. SOMMER bestellt CHROMstahlfelgen,
CHROMmasken und CHROMnieten
und will CHROMgelbe CHROMhanteln zum Verkauf
anbieten.
Beim Bestellen von CHROMlacken und CHROMstahlblechen
hört SOMMER Patienten von CHROMpräparaten sprechen.
Während Patient SOMMERmann auf CHROMhefe schwört,
wird SOMMER von Phishing-Mails gestört!
WINTER stolpert samt iPhone zum siebten Mal
über CHROMfüße an diversen CHROMmöbeln neben dem
CHROMstahlregal
und bricht sich zwei Zehen!
SOMMERmann will ihr CHROMhefe andrehen.
SOMMER schwenkt CHROMzangen, erzählt lustige Sprüche
und erblickt dabei WINTERs offene Brüche.

Haushaltshilfe WINTER und Doktor SOMMER vor EIWEIß

Haushaltshilfe WINTER und Doktor SOMMER essen
EIWEIßlastig
und trinken EIWEIßreiche EIWEIßdrinks. WINTER entfernt
hastig
EIWEIßflecken. EIWEIßverlustpatienten mit
EIWEIßverlustsyndrom diskutieren über
Nierentransplantationen,
EIWEIßtorten, WeizenEIWEIß, EIWEIßmythen,
EIWEIßdiäten, EIWEIßgifte und EIWEIßmakronen
im Wartezimmer. WINTER liest von EIWEIßquellen,
futtert EIWEIßbrötchen und stolpert beim Nachbestellen
von EIWEIßtabletten und EIWEIßriegeln übers Kabel
vom EIWEIßshaker, wobei sie eine Kuchengabel
mit EIWEIßkuchen samt EIWEIßglasur und das Bewusstsein
verliert, während ein EIWEIßverlustpatient mit seinem
Heilstein
kommuniziert und SOMMER Urin für einen EIWEIßtest
abnimmt. WINTER ruht auf einem psychologischen
Arbeitsunfähigkeitsattest!

Haushaltshilfe WINTER und Doktor SOMMER vor FARBEN

Doktor SOMMERs Haushaltshilfe WINTER vermittelt die FARBENlehre,
verkauft selbstgemachte FARBENfrohe HaarFARBEN und sammelt leere
Pfandflaschen. SOMMER schafft im Wartezimmer eigene FARBENwelten
mit giftigen chinesischen BleiFARBEN; selbst FARBENgroßhändler schelten
ihn dafür. Der Chef vom FARBENpsychologischen Institut macht SOMMER für sein Blei im Blut
verantwortlich! Zwischen LackFARBEN, ÖlFARBEN und LeimFARBEN regt
der FARBENblinde Chef sich auf, und unüberlegt
greift er nach FARBENtferner aus dem FARBENladen,
fügt der FARBENprächtigen Inneneinrichtung und WINTER Schaden
zu und springt mit LeuchtFARBEN durch Fensterscheiben!
Wofür ihm SOMMER und WINTER Privatrechnungen schreiben.

Haushaltshilfe WINTER und Doktor SOMMER vor FLÄCHE

Bauer SOMMERach schimpft über FLÄCHEnversiegelung
und FLÄCHEnfraß,
bevor er WaldFLÄCHEn als AbstellFLÄCHEn für Altglas
benutzt, uralte, FLÄCHEnbündige Türen und Bauteile
von FLÄCHEnheizungen und FLÄCHEndrainagen ohne Eile
neben FriedhofsFLÄCHEn auf einer VerkehrsFLÄCHE
hinstellt
und eine FLÄCHEnprämie für Grünland erhält.
Aus SOMMERachs AckerFLÄCHEn und WeideFLÄCHEn
werden BauFLÄCHEn.
Dann muss SOMMERach bei Doktor SOMMER vorsprechen
wegen eines FLÄCHEndeckenden Ausschlags mit starker
Rötung
und WundFLÄCHEn, die seit der illegalen Tötung
von Bullenkälbern bestehen. SOMMERs Haushaltshilfe
WINTER rügt
SOMMERach – auch, weil er mit BioanbauFLÄCHEn betrügt!
SOMMERach rächt sich sehr unfein
und deponiert ein totes Mastschwein
auf der FreiFLÄCHE neben WINTERs Hauseingang.
Auf DachFLÄCHEn jagen Polizisten SOMMERach
stundenlang!

Haushaltshilfe WINTER und Doktor SOMMER vor GASEN

Doktor SOMMER und Haushaltshilfe WINTER möchten
demonstrieren!
Und zwar gegen das VerGASEN von Tieren.
Auch GülleGASEN, GiftGASEN, KanalGASEN,
RauchGASEN, hohen GASENdpreisen,
SchieferGASEN, SyntheseGASEN und FlugbenzinabGASEN,
die bei Flugreisen
entstehen, stehen beide kritisch gegenüber. Nachbar
GASENbauer
experimentiert neben GASENtwicklungsflaschen mit
KnallGASEN; als schlauer
Chemielehrer liebt er Gasmischungen und
GASENtwicklungen total!
GASENbauers Ethin und Sauerstoff aus dem Chemiesaal
lassen seine und WINTERs Fensterscheiben
zerspringen! Ob WINTERs Hörschäden bleiben?
SOMMER bucht einen SOMMERurlaub inklusive
Langstreckenflug
und regt sich auf über Dieselbetrug.

Haushaltshilfe WINTER und Doktor SOMMER vor GERUCH

Doktor SOMMERs Haushaltshilfe WINTER entzündet
GERUCHsneutrale Kerzen
neben GERUCHsblinden Patienten mit ParfümGERUCH, die
scherzen,
weil WINTER mit GERUCHsschutzmaske vor
GERUCHsdesignerinnen steht,
von denen MundGERUCH, EssensGERUCH und
SchweißGERUCH ausgeht.
Ein GERUCHsgutachter erklärt die Europäische
GERUCHseinheit, GERUCHsarten,
GERUCHstests und GERUCHsanalysen, und weil er Warten
hasst, besichtigt er GERUCHsverschlüsse in SOMMERs
Toilette
mit einer der GERUCHsdesignerinnen, während
GERUCHstesterin Anette
mit ModerGERUCH vor SOMMER weilt.
Während WINTER zum Telefon eilt
und mit einem GERUCHsprüfer spricht,
setzt die GERUCHsneutralisierende Kerze dicht
neben GERUCHsentfernern und GERUCHshemmenden
Fußlotionen mit Menthol
GERUCHsreiniger in Brand! WINTER vernichtet
GERUCHsintensiven Kohl.

Haushaltshilfe WINTER und Doktor SOMMER vor HONIG

Doktor SOMMERs Haushaltshilfe WINTER futtert
HONIGgelbe HONIGzöpfe
und stolpert nach HONIGmassagen über
HONIGschleudergeräte, HONIGtöpfe
und HONIGrührmaschinen. HONIGverkäufer von der
HONIGerzeugergemeinschaft gaben
SOMMER SOMMERreisen, WINTERklamotten, viel
Bargeld, HONIGkerzen, HONIGwaben,
HONIGbier, HONIGmassagen, HONIGschnaps und
HONIGlikör fürs Vermieten
seiner Praxis zur SOMMERsonnenwende. Die
HONIGverkäufer bieten
mit Zuckersirup gestreckten BienenHONIG, wobei
HONIGkontrolleure HONIGproben
nach dem Verzehr von HONIGsüßem HONIGschnaps loben!
Allerdings bekamen die HONIGkontrolleure auch
SOMMERreisen spendiert,
sodass sie LindenHONIG und TannenHONIG prämiert
haben und großzügig auf HONIGuntersuchungen und
HONIGanalysen
verzichten, weil sie in den SOMMERurlaub düsen!

Haushaltshilfe WINTER und Doktor SOMMER vor JOD

Doktor SOMMERs Haushaltshilfe WINTER kauft
JODtabletten, JODsalben,
JODsalz und JODseifen, während SOMMER den halben
Tag mit Veganern über JODmangel, JODarme Böden,
JODpräparate, JODfreie Kontrastmittel, JODwerte und den
blöden
JODlerwirt nebenan diskutiert, der JODierte Lebensmittel
auftischt
und erbärmlich JODelnd angeblich JODfreies Katzenfutter
daruntermischt!
WINTER wird von FJODor JODorowsky zum JODbaden
und JODeln ins JODwasser des JODschwefelbads eingeladen!
FJODor erzählt WINTER von seinen hervoragenden
JODwerten
und JODelt mit seiner JODelgruppe den »unbeschwerten
FriedhofsJODler« im JODschwefelbad vor sämtlichen
Badegästen
und Bademeister JODmann, der seinen festen
Stand verliert und samt JODtinktur,
JODcreme und Beipackzettel einer JODkur
ins Becken stürzt und sich im Gesicht
verletzt! JODelexperte FJODor JODelt über die
Aufsichtspflicht.

Haushaltshilfe WINTER und Doktor SOMMER vor KREIDE

Haushaltshilfe WINTER und Doktor SOMMER kaufen KREIDEpasten,
KREIDEcremes, ÖlKREIDEn, KREIDEspray und KREIDEboxen und rasten
unweit von den Rügener KREIDEwerken,
wo KREIDEbleiche Polizisten sich stärken.
Polizisten mit KREIDEdosen spitzen SchneiderKREIDE
und KREIDEstifte neben einer Schafweide
und den KREIDEumrissen von Leichen.
Mit KREIDEspray und KREIDElack schleichen
SOMMER und WINTER hinter Polizisten im Zivil,
bevor sie KREIDEbomben werfen und ein KREIDEspiel
über die KREIDEumrisse malen! Erst observieren
die Polizisten die KREIDEwerke – dann trainieren
sie mit SOMMER das Malen von KREIDEherzen
mit StraßenmalKREIDEn und Rügener SchreibKREIDE und scherzen,
während verdächtige Personen aus den KREIDEwerken abhauen
und Polizistinnen WINTERs KREIDEzeichnungen von KREIDEzähnen klauen!

Haushaltshilfe WINTER und Doktor SOMMER vor NAHRUNG

Haushaltshilfe WINTER und Doktor SOMMER testen
FertigNAHRUNG,
NAHRUNGsbreis und NAHRUNGsergänzungsmittel von
NAHRUNGSmittelherstellern mit Erfahrung
gegen Bezahlung! Bei SondenNAHRUNG lässt SOMMER
NAHRUNGspausen
aus und muss ständig zur Toilette sausen.
WINTER gibt einem dicken NAHRUNGsmittelimporteur vor
NAHRUNGsmittelüberschuss,
NAHRUNGstabellen, NAHRUNGsvorräten und
HeimtierNAHRUNG einen dicken Kuss
und teilt mit NAHRUNGsgeneralisten in den SOMMERferien
brandneue NAHRUNGsersatzmittel aus der
NAHRUNGsherstellung mit Bakterien.
Während ein Schwein als NAHRUNGsgeneralist
vergnügt NAHRUNGspläne und TestNAHRUNGsmittel
frisst,
wird WINTER mit dem Verdacht
auf NAHRUNGsmittelvergiftung ins Krankenhaus gebracht!

Haushaltshilfe WINTER und Doktor SOMMER vor PLASTIK

Haushaltshilfe WINTER und Doktor SOMMER betreiben
PLASTIKfasten!
WINTER entsorgt PLASTIKdosen und PLASTIKflaschen im
PLASTIKkasten
im PLASTIKcontainer. Eine BühnenPLASTIKerin entsorgt
defekte PLASTIKlamellen;
sie kann sich kein PLASTIKfreies Leben vorstellen,
rettet neben WINTER unterm PLASTIKdach aus
PLASTIKwannen
gut erhaltene PLASTIKbecher, PLASTIKkanister,
PLASTIKregenmäntel, PLASTIKplanen, PLASTIKkannen
und PLASTIKtüten und erzählt WINTER ganz offen,
dass sie PLASTIKdämpfe schnüffelt und von
PLASTIKsprengstoffen!
Als die BühnenPLASTIKerin sich PLASTIKlätzchen
umbindet,
PLASTIKkleber öffnet und PLASTIKtüten überstülpt,
verschwindet
WINTER, verbannt Gegenstände aus WeichPLASTIK
und treibt auf PLASTIKlaminat Beckenbodengymnastik.
SOMMER liest über MikroPLASTIK und verspürt Frust.
An toxischem Schock in Verbindung mit Sauerstoffverlust
verstirbt die BühnenPLASTIKerin nach einer Weile.
WINTER beißt beim Essen auf HartPLASTIKteile.

Haushaltshilfe WINTER und Doktor SOMMER vor RAHM

Doktor SOMMERs Haushaltshilfe WINTER zerreißt
GRAHManns RAHMenausbildungsvertrag
neben RAHMschokolade vor BilderRAHMen. Am ersten
SOMMERtag
fuhr die Auszubildende auf SOMMERs Rennrad,
RAHMenhöhe
4XL, zur Bäckerei »SchRAHMühle«. Eine gewaltige Windböe
wehte GRAHManns RAHMenlose Brille vor einen Lastwagen
mit RAHMenstöcken, den Windböen ebenfalls stets plagen.
Dem Lastwagenfahrer kippten RAHMspinat, RAHMbraten
mit RAHMsoße
und RAHMjoghurt vom Beistelltisch, weil der übergroße
Rennrad-RAHMen in seiner RAHMenarbeitszeit
vor seinem rechten Vorderreifen, unweit
der Bäckerei SchRAHMühle, auf der Straße lag!
Auch für GRAHManns Familie ist's ein Schicksalsschlag.

Haushaltshilfe WINTER und Doktor SOMMER vor RIPPEN

Doktor SOMMERs Haushaltshilfe WINTER verwechselt
hinter GeRIPPEN
Impfstoffe gegen GRIPPEN und GRIPPENamen. Fünf
KinderkRIPPEN
sandten sämtliche Angestellte in RIPPENshirts und
RIPPENschutzwesten
zum Impfen. SOMMER bekam RIPPENkorsetts zum Testen
und weil die RIPPENheizung zwischen RIPPENfarnen streikt,
ist's WINTER allein, die die Impfaktion vergeigt.
SOMMER knüpft RIPPENknoten und will die
StahlbetonRIPPENdecke
trotz RIPPENmuskelzerrung wegen Schimmelbefall in einer
Ecke
überprüfen. WINTER will RIPPENdichtungen trotz
RIPPENblockaden anbringen,
erklärt einigen KinderkRIPPENbetreuern, die um Luft ringen,
die RIPPENatmung, zeigt Bilder von RIPPENhälsen,
RIPPENknochen
und RIPPENköpfchen und will dann RIPPENbraten kochen.
SOMMER stürzt im RIPPENkorsett von der Trittleiter.
WINTER übt das StRIPPEN vor einem Wegbegleiter.

Haushaltshilfe WINTER und Doktor SOMMER vor SALAT

Doktor SOMMERs Haushaltshilfe WINTER sucht zwischen SALATschüsseln
und SALATsoßen der SALATbar »SALATduft« nach Hausschlüsseln,
während SOMMER Glasscherben im WurstSALAT versehentlich zerkaut
und wütend mit SALATplatten und SALATbesteck herumhaut!
WINTER stößt SALATschalen, SALATgewürze und SALATweine
um. SOMMER entdeckt unter SALATblättern Kieselsteine
und begutachtet im Spiegel hinter SALATmarinaden
SALATblattläuse im BlattSALAT und einen Zahnschaden.
Obwohl der Chef der SALATbar
SOMMER für ein ganzes Jahr
kostenlose SALATöle und SALATgenuss im »SALATduft« verspricht,
nimmt SOMMER SALATgabeln und SALATmesser und sticht
in SALATblattläuse, bevor er den Chef bedroht!
WINTER spielt online WortSALAT neben verschimmeltem Brot.

Haushaltshilfe WINTER und Doktor SOMMER vor SAMEN

Doktor SOMMERs Haushaltshilfe WINTER bekommt
SAMENmischungen, SAMENgemüse,
LeinSAMENöl, Einladungen zu SAMENtauschbörsen,
SAMENgewürze, TomatenSAMEN, süße
Sprüche und SAMENpapier vom seltSAMEN
SAMENhändler WINTERberger, der einSAMEN Damen
den Hof macht. WINTERberger schickt WINTER
SAMENflüssigeit
und verfolgt sie unauffällig in der SOMMERzeit
auf ihrer erholSAMEN, langSAMEN SOMMERwanderung.
Zwischen einSAMEN,
unwegSAMEN Waldstücken ruft WINTERberger zärtlich
WINTERs Namen
und schwenkt ein SAMENtütchen mit einer SAMENspende!
Bei der furchtSAMEN WINTER liegen im Steilgelände
vorm ehemals bedeutSAMEN Stausee die Nerven blank.
Sie stößt den wunderSAMEN SAMENspender
WINTERberger, krank
vor Angst, mitsamt FlohSAMEN in den Stausee.
Das Ganze ist fürs SAMENhaus ein Filmdreh!

Haushaltshilfe WINTER und Doktor SOMMER vor SPEICHEL

Haushaltshilfe WINTER und Doktor SOMMER bestimmen SPEICHELhormone
und SPEICHELenzyme nach SPEICHELabstrichen von SPEICHELleckern, ohne
jede Ahnung. SOMMER stellt nach jedem SPEICHELtest
geschwollene SPEICHELdrüsen, wenig SPEICHELfluss und SPEICHELmangel fest!
WINTER verkauft selbstgemachte, SPEICHELanregende Bonbons unverpackt
und präsentiert sich zwischen SPEICHELvortestgeräten nackt
für Hersteller von SPEICHELsaugern. Für die SPEICHELanregung
wird sie vor Einweg-SPEICHELziehern in Bewegung
abgelichtet. SOMMER SPEICHELt beim Schlafen,
während WINTER und die Fotografen
Barschecks, SPEICHELechte Holzlasur und SPEICHELfestes Spielzeug kriegen.
Einer von ihnen will seinen SPEICHELdrüsenkrebs besiegen.

Haushaltshilfe WINTER und Doktor SOMMER vor VIREN

Haushaltshilfe WINTER und Doktor SOMMER aktualisieren VIRENdatenbanken
und VIRENsignaturen. SOMMER sendet VIRENabstriche von Kranken
an VIRENlabore, ist aber in Gedanken
bei VIRENschutzprogrammen, VIRENwarnungen und der vollschlanken
Patientin mit RotaVIREN, InfluenzaVIREN, TumorVIREN und Humanen
PapillomVIREN, die SOMMER von VIRENhemmenden Hausmitteln, Schamanen
und den RetroVIREN von ihren Katzen berichtet.
Wegen VIRENchecks, ComputerVIREN, VIRENwarnungen und VIRENalarm verzichtet
SOMMER aufs Bekämpfen von GrippeVIREN, verschreibt
Breitbandantibiotikas, ignoriert hochinfektiöse VIREN und übertreibt
mit der VIRENbeseitigung während seiner Arbeitszeit!
Seine neue AntiVIRENsoftware ist startbereit.

Haushaltshilfe WINTER und Doktor SOMMER vor ZINK

Haushaltshilfe WINTER und Doktor SOMMER besichtigen
ZINKfassaden
an Nachbarhäusern. SOMMERsteins bestellen ZINKreiniger
beim Baden
unter der ZINKbedachung in ZINKbadewannen
zwischen ZINKeimern, ZINKtonnen und ZINKgießkannen.
Frau SOMMERstein empfiehlt WINTER ZINKkuren,
während SOMMER neben ZINKzäunen Spuren
mit SOMMERsteins Gabelstapler mit GabelZINKenschutz
zieht, SOMMERstein dabei mit Schmutz
bespritzt und einen ZINKzaun in ZINKweiß plattmacht.
SOMMERstein nimmt ZINKtropfen. Seine dreiZINKige
Hacke kracht
vor BenZINKanistern, ZINKeimern, einem verZINKten Topf
und dem ZINKfräsgerät auf SOMMERs Kopf!
Geführt wurde die Hacke von Frau SOMMERstein.
Neben BenZINKochern köpft sie ein Fläschchen
SOMMERwein.

Haushaltshilfe WINTER und Doktor SOMMER vorm ANTRAG

Doktor SOMMER und Haushaltshilfe WINTER
beANTRAGen ANTRAGsformulare,
ANTRAGsringe, ANTRAGsrücknahmen und
ANTRAGspakete. WINTER entkorkt klare
SOMMERweine, und der ANTRAGsberechtigte SOMMER
trinkt SOMMERbier
zwischen ANTRAGsmustern mit ANTRAGsstellern von
Hartz IV.
WINTER findet ANTRAGsbestätigungen und
ANTRAGsentwürfe unter ANTRAGsskizzen,
wählt ANTRAGsnummern statt Telefonnummern und
beANTRAGt Pizzen
per FaxANTRAG mit ANTRAGsbegründung beim
Pizzakurier,
der wegen des SOMMERlochs WINTERbier, ein
ANTRAGspapier
und ANTRAGsvordrucke spendiert! SOMMER sucht
ANTRAGsunterlagen
unter einem KlageANTRAG, wobei sein Magen
rebelliert! WINTER will die Notrufnummer vom
Krankentransport
wählen, erreicht aber das ANTRAGscenter neben dem
Kinderhort!

Haushaltshilfe WINTER und Doktor SOMMER vorm BERATER

Doktor SOMMER und Haushaltshilfe WINTER kaufen BERATERmappen,
drucken BERATERberichte, BERATERbriefe und BERATERpässe zum Aufklappen
und besuchen auf BERATERempfehlung BERATERtage im BERATERzentrum.
JungBERATER einer BERATERfirma erzählen im Rampenlicht dumm
grinsend vom BERATERleben und dem spannenden BERATERjob.
KarriereBERATERinnen, die »to be on the top«
mit EnergiefachBERATERn, StilBERATERn und BERATERassistenten
schauspielerisch umsetzen, fallen dem kompetenten
SOMMER wegen Choreographiefehlern vor die Füße.
Während SOMMER zupackt, verteilt WINTER süße Pralinen, BERATERempfehlungen und
BERATERrechnungen mit hohen BERATERsätzen.
Sämtliche BERATERtypen wissen SOMMERs Hilfe zu schätzen!

Haushaltshilfe WINTER und Doktor SOMMER vorm KÖRPER

Haushaltshilfe WINTER und Doktor SOMMER lieben KÖRPERbemalung,
KÖRPERdüfte und KÖRPERmassagen. Eine Malerin bietet Bezahlung
dafür, dass sie KÖRPERorgane, KÖRPERgewebe, KÖRPERzellen
und HimmelsKÖRPER auf der KÖRPERoberfläche darstellen
darf! Sie bemalt SOMMERs LuxusKÖRPER mit Dollarzeichen,
KÖRPERdrüsen und FlugKÖRPERn in weniger beachteten KÖRPERbereichen,
und während sie mit WINTER über KÖRPERsignale,
KÖRPERfettwaagen und KÖRPERöle diskutiert, begeht sie fatale
Fehler, indem sie schadstoffhaltige Farben verschmiert!
WINTER bekommt KÖRPERjuckreiz, und SOMMER verliert
vollends die Fassung und das KÖRPERliche Gleichgewicht.
Auch SOMMERs tragbare KÖRPERdusche hilft beiden nicht.

Haushaltshilfe WINTER und Doktor SOMMER vorm KREUZ

Doktor SOMMERs Haushaltshilfe WINTER KREUZt
mitsamt KREUZbandplastik,
Krücke und KREUZkümmelsamen für ihre KREUZcousine
hastig
die KREUZstraße neben einer KREUZfahrtberaterin
mit KREUZallergie, die den Sinn
des Lebens sucht. WINTER verliert ihre KREUZkette
und KREUZkümmelsamen vorm WarnKREUZ, und die nette
KREUZfahrtberaterin bückt sich trotz KREUZtrage und
KREUZschmerz
danach, während Autofahrer KREUZpointner KREUZreime
übers Herz
schmiedet, WINTER und die KREUZfahrtberaterin erblickt
und ein Stoßgebet gen Himmel schickt!
KREUZpointner und die KREUZfahrtberaterin liegen neben
Kümmel.
WINTER verschwindet samt KREUZkette mitten durchs
Getümmel.
Zeitgleich entdeckt SOMMER junge GartenKREUZspinnen
beim Streichen.
Unterm SterbeKREUZ macht SOMMER andächtig das
KREUZzeichen.

Haushaltshilfe WINTER und Doktor SOMMER vorm LOCH

Doktor SOMMER und Haushaltshilfe WINTER besuchen LOCH
Ness. Zwischen SumpfLOCH und SchlagLOCH fällt doch
glatt SOMMERs Mobiltelefon auf LOCHgummimatten,
das Auto hat einen Platten,
WINTER sucht KnopfLOCHseide und OhrLOCHstecker,
und SOMMER nervt sein Handywecker,
sodass er das Handy im SchachtLOCH
versenkt, während WINTER einem CLOCHard obendrein noch
SOMMERs LOCHzange am MauerLOCH beim Brückenpfeiler borgt.
Ein geistig Verwirrter mit geflOCHtenem Zopf entsorgt
hoch oben von der Brücke einen HochLOCHziegel,
der WINTER umhaut. Der HochLOCHziegel trägt Gütesiegel!

Haushaltshilfe WINTER und Doktor SOMMER vorm PILZ

Haushaltshilfe WINTER und Doktor SOMMER genießen
PILZwanderungen
mit PILZkörben, PILZfreunden, PILZbestimmungsbüchern
und der jungen
PILZexpertin PILZweger im PILZwald! Im PILZkostüm jagt
SOMMER mit PILZbürste und PILZmesser herum, geplagt
von FußPILZ, NagelPILZ und PILZbelag im Mund.
WINTER erklärt SpeisePILZkennern von
PILZberatungsstellen, wie gesund
für Frauen mit PILZfrisuren PILZe aus
WaldgartenPILZkulturen
sind. SOMMER sieht StaubPILZe neben
KnollenblätterPILZen hervorluren
und entdeckt starken PILZbefall an nass gelagertem
Rundholz,
bevor er SteinPILZe und »Grüne KnollenblätterPILZe« stolz
unter andere FrischPILZe in PILZwegers PILZkorb legt.
Die sich gerade abseits zwischen FliegenPILZen bewegt.

Haushaltshilfe WINTER und Doktor SOMMER vorm PREIS

Doktor SOMMERs Haushaltshilfe WINTER kauft
PREISgünstige PREISelbeermarmeladen
und rammt PREISwerte PREIStafeln in die Waden
eines PREISrichters für Dressurturniere neben PREISknüllern dabei!
Neben SOMMER verliert PREISrichter PREISendorf PREISschilder, zwei
PREISlisten von Friseurgeschäften mit PREISfehlern, eine PREISetikettiermaschine,
PREISabgabeverordnungen und das Gleichgewicht. Mit entgeisterter Miene
stürzt der PREISbewusste PREISendorf zwischen die ausgePREISten
PREISelbeergläser und eine scharfkantige PREIStafel! Mit entgleisten
Gesichtszügen zückt WINTER ihre PREISlich sehr attraktive
Handykamera und filmt PREISendorf und die schiefe
PREIStafel, die noch leicht bebt.
Ob PREISendorf darunter noch lebt?

Haushaltshilfe WINTER und Doktor SOMMER vorm SCHNITT

Doktor SOMMERs Haushaltshilfe WINTER hat am dritten
März einen SCHNITTblumenhändler auf einem
AutobahnabSCHNITT geSCHNITTen.
SCHNITTchenteller mit SCHNITTlauchbroten,
WurstaufSCHNITT und SCHNITTobst verrutschten
auf WINTERs Schoß, ZeitungsausSCHNITTe und
SCHNITTmuster flutschen
auf die zurechtgeSCHNITTe Fußraummatte im
SCHNITTigen Sportwagen.
SOMMER führte zeitgleich einen MagenSCHNITT am
Magen
eines Gauklers durch, der eine Gabel
verschluckte! Den Brand vom zerSCHNITTenen Kabel
im Motorraum bekam WINTER neben
VideoSCHNITTprogrammen nicht
mit. Der SCHNITTblumenhändler hatte SCHNITTwunden
im Gesicht.
Im Krankenhaus spricht WINTER vom neuen
LebensabSCHNITT.
Macht SOMMERs Rum-VerSCHNITT die beiden fit?

Haushaltshilfe WINTER und Doktor SOMMER vorm SCHUH

Doktor SOMMER und Haushaltshilfe WINTER sind
SCHUHtester
für MarkenSCHUHe im SCHUHladen von WINTERs
Schwester!
SCHUHfachfrau BuntSCHUH aus der SCHUHfabrik,
die OrthopädieSCHUHmacher SCHUHbeck mitsamt
SCHUHtick
liebt, besichtigt SCHUHfabrikant SCHUHmanns
HandSCHUHfachbeleuchtungsschalter
unfreiwillig und wird von Walter
SCHUHmann unterm HandSCHUHfach bei
HandSCHUHfachbeleuchtung auf SchweißerhandSCHUHen
brutal vergewaltigt! Zeitgleich stolpert WINTER über
SCHUHtruhen,
die aus SCHUHmanns SCHUHfabrik stammen
und stößt mit SCHUHbeck zusammen,
der BuntSCHUH zwischen SCHUHregalen, SCHUHbänken,
SCHUHtaschen, SCHUHheizungen, SCHUHverkäufern und
SCHUHschränken
verzweifelt sucht! Weil BuntSCHUH schreit,
geht SCHUHmann etwas zu weit
und erdrosselt sie mit einem dicken SCHUHband.
SCHUHmann betritt den SCHUHladen im blutigen Gewand.

Haushaltshilfe WINTER und Doktor SOMMER vorm SIGNAL

Doktor SOMMER beobachtet SIGNALmechaniker in SIGNALgelben SIGNALjacken
mit SIGNALorangen SIGNALmützen, die ihre Brotzeit auspacken
und sich zwischen SIGNALbrücken mit defekten EinfahrSIGNALen
über SIGNALflussdiagramme, hochohmige SIGNALquellen, PeilSIGNALe und Bundestagswahlen
unterhalten und im SIGNALbuch der Bahn blättern.
Neben SOMMER und seiner Haushaltshilfe WINTER klettern
Kinder in SIGNALroten Gummistiefeln über Sitzgarnituren im stehenden Zug, wobei sie Spuren
hinterlassen. Wegen einer SIGNALstörung steht der Gesamtverkehr!
Ein SIGNALmeister läuft Hunden mit SIGNALhalsbändern hinterher
und SIGNALisiert »Personen im Gleis« zwischen SIGNALanlagen
und SIGNALlampen, dass sie ihm beim Hinterherjagen helfen sollen! WINTER erblickt SIGNALflaggen, ErsatzSIGNALe, SIGNALraketen
und abstürzende Baumkletterer samt SIGNALklebeband und Macheten!
SOMMERs SIGNALverstärker vom Handy zickt,
während WINTER ein NotSIGNAL abschickt.

Haushaltshilfe WINTER und Doktor SOMMER vorm STURZ

Doktor SOMMER und Haushaltshilfe WINTER
dokumentieren STURZursachen,
STURZrisiken, STURZerkrankungen und STURZauslösende
Ereignisse und machen
nach einem SystemabSTURZ, einem FlugzeugabSTURZ,
STURZflutartigen Regenfällen,
WINTERs HörSTURZ und einem RegierungsSTURZ einen
schnellen
KassenSTURZ. SOMMER will STURZtraining auf
STURZmatten geben,
STURZhelme vermieten und eine stattliche Kursgebühr
erheben.
WINTER stürzt mit einer STURZweste zum Reiten
zwischen STURZmatten, als sich ihre Augen weiten:
Nach dem WetterSTURZ stürzen zwei Halunken
mit Drohnen ins STURZtraining, beide STURZbetrunken!
Ihre Drohnen waren die Ursache vom FlugzeugabSTURZ!
Ganove STURZenegger bittet SOMMER, das
STURZtraining kurz
zu unterbrechen, zerreißt STURZdokumentationen,
STURZpads und STURZereignisprotokolle
vor SOMMERs Nase, verliert vollends die Kontrolle
und nimmt SOMMER und WINTER in Geiselhaft.
Was er wegen STURZverletzungen nicht lang schafft.

Haushaltshilfe WINTER und Doktor SOMMER vorm TABLET

Haushaltshilfe WINTER und Doktor SOMMER hocken
zwischen
EssensTABLETts, TABLETtendosen mit
SchmerzTABLETten, TABLETtenblistern,
TABLETcomputern, TABLETttischen
und TABLETtenschachteln von SOMMERs TABLETtenkur
gegen Schwitzen.
WINTER fallen TABLETtenmörser und
TABLETtenflaschen im Sitzen
vor die SOMMERhausschuhe und TABLETtenwagen.
TABLETten rollen
vor SOMMERs Zehen neben einen seiner tollen
neuen TABLETcomputer! Während WINTER
SchlafTABLETten schluckt
und VitaminTABLETten aus TABLETtenspendern zerkaut,
guckt
SOMMER auf WINTERs TABLETten vor seinen Füßen
und wirft sie zum TABLETtencocktail aus süßen
BrauseTABLETten ins Wasserglas! Zerstreut trinkt er's leer.
SOMMERs TABLETtenvergiftung durch verschiedene
TABLETtenarten ist schwer!

Haushaltshilfe WINTER und Doktor SOMMER vorm WOLF

Doktor SOMMER und Haushaltshilfe WINTER führen WOLFspudel
WOLFram spazieren, wobei sie sich über WOLFsrudel,
WOLFsfährten, WOLFserwartungsgebiete und ihren defekten FleischWOLF unterhalten
und am Smartphone WOLFsvideos mit WOLFsgeheul einschalten.
Förster WOLFstein schießt vom Jägersitz,
wo er mit seinem WOLFsspitz,
WOLFsverbreitungskarten vom WOLFsinformationszentrum
und einer WOLFsverordnung lauert,
auf WOLFram! Neben WOLFsspuren und WOLFspinnen kauert
sich der angeschossene WOLFram auf
WOLFsmilchgewächsen zusammen.
WINTER stürzt zu SOMMERs Geländewagen; gemeinsam rammen
sie WOLFsteins Jägerstand mit voller Wucht!
WOLFstein befindet sich auf der Flucht.

Haushaltshilfe WINTER und Doktor SOMMER zu ZWEIT

Haushaltshilfe WINTER und Doktor SOMMER besitzen
ZWEITtelefone,
ZWEITwagen und einen ZWEITwohnsitz. SOMMER
überfliegt ohne
ZWEITpass und ZWEIThandy ZWEITurmfassaden im
Ferienflieger,
tötet im ZWEITversuch einen ZWEITen Krieger
beim Onlinespiel und besichtigt diverse ZWEITaktmotoren,
als seine ZWEITfrisur zwischen seinen Ohren
aus dem ZWEIThaarstudio »ZWEITausendunddrei« entzwei
reißt! SOMMER startet eine Rauferei
mit Stewardessen! Ohne ZWEIThandy und ZWEITfrisur
gerät SOMMER stets aus der Spur.
Überm ZWEIThöchsten Gebäude einer Großstadt
hat der Pilot alles satt
und fliegt, während er an seinen ZWEITtumor
denkt, zurück. SOMMER blutet aus dem Ohr.

Haushaltshilfe WINTER und Doktor SOMMER zwischen BEEREN

Doktor SOMMERs Haushaltshilfe WINTER hilft
BEERENbauer BEERENburg
zwischen BEERENgewächsen im BEERENfeld. SOMMER
und Baumchirurg
BEERENdorf sezieren StachelBEEREN, HimBEEREN,
HeidelBEEREN
und BromBEEREN bei der schweren
Pflückarbeit mit BEERENsammlerin BEERENdonk vor einer
BEERENhecke
und trinken BEERENlikör, als SOMMER eine Zecke
auf BEERENdonk neben BEERENroten BEERENflecken
sichtet,
während BEERENburg mit Insektiziden BEERENwanzen
vernichtet!
BEERENburg richtet seine Insektizid-Spritze
auf die Zecke, erzählt Witze
über BEEREN und greift zum BEERENwein,
während seine Spritze wie von allein
über BEERENdorf, SOMMER, WINTER und BEERENdonk
Sprühnebel
verteilt! Hatte BEERENburg seine Finger am Hebel?
BEERENbauer BEERENburg bringt alle BEERENpflücker
ins Krankenhaus,
spendet dort BEERENliköre und erhält dafür Applaus!

Haushaltshilfe WINTER und Doktor SOMMER zwischen MEDIEN

Haushaltshilfe WINTER und Doktor SOMMER besichtigen
MEDIENhochschulen,
MEDIENagenturen, MEDIENlabore und MEDIENhäuser,
»sponsored by MEDIENmogulen«,
wie SOMMER vermutet. MEDIENschaffende verunstalten
einen MEDIENrat
für MEDIENproduktionen und verkünden, dass ein Attentat
während der MEDIENtage in der MEDIENallee stattfand,
wobei zudem ein MEDIENmanager mit MEDIENkompetenz
verschwand!
WINTER wird als MEDIENopfer hinter MEDIENmöbeln
geschminkt,
und ein MEDIENgestalter, der nach Alkohol stinkt,
filmt sie für ein MEDIENprojekt.
Ein MEDIENberater einer MEDIENgruppe steckt
SOMMER Nachrufe auf MEDIENmanager zu, die alle
noch leben, und präsentiert sein MEDIENprojekt
»MEDIENfalle«!

Haushaltshilfe WINTER und Doktor SOMMER auf PROBE

Doktor SOMMER und Haushaltshilfe WINTER loben
Bauer SOMMERach, der bei TheaterPROBEn BodenPROBEn
von Biobauern entgegennimmt und PROBEweise
statt seiner eigenen auf Weiterreise
sendet. SOMMER erklärt keimbelastete LuftPROBEn und
WasserPROBEn
als einwandfrei, was sogar den PROBEnleiter toben
lässt! WINTER kapiert MathematikPROBEn kaum.
Als wegen PROBEalarmen der PROBEraum
geräumt wird, müssen alle Zeitungs-PROBEabonnements
abschließen.
Die PROBEtage im Hotel mit WeinPROBEn genießen
SOMMER und WINTER während PROBEwochen zwar sehr
– aber die PROBEnfreie Zeit danach noch mehr!

Haushaltshilfe WINTER und Doktor SOMMER beim CAMPING

Nach dem Test von CAMPINGliegen und CAMPINGbetten
testet Doktor SOMMER unfreiwillig Mückensprays und
CAMPINGtoiletten.
Doktor SOMMERs Haushaltshilfe WINTER testet einen
CAMPINGgrill
am CAMPINGtisch, den sie CAMPINGfreunden vorführen
will.
Überall zwischen CAMPINGbussen, CAMPINGzelten,
CAMPINGwagen
und CAMPINGhütten am CAMPINGplatz plagen
CAMPINGurlauber und CAMPINGspezialisten Plagegeister,
die da herumsirren
im CAMPINGland. Auch SOMMER und WINTER irren
zum riesigen CAMPINGshop mit allen,
sie verkaufen dort allerneueste Mückenfallen!
Neben WINTERs CAMPINGgrill explodieren Flaschen mit
CAMPINGgas.
SOMMER stürmt zur CAMPINGtoilette. Immer ist
irgendwas!

Haushaltshilfe WINTER und Doktor SOMMER beim EXPERIMENT

Doktor SOMMERs Haushaltshilfe WINTER
EXPERIMENTiert mit EXPERIMENTierkästen
vor Patienten. SOMMER sucht im Behandlungszimmer festen
Stand! EXPERIMENTierfreudig kroch er gegen
Forschungsgelder
mit Nachbarbauer SOMMERach über landwirtschaftliche
EXPERIMENTierfelder
am Vortag. SOMMERs Kreuz ist so beleidigt,
dass es sich mit einem Hexenschuss verteidigt.
WINTER erzählt von SOMMERs tierEXPERIMENTellen
Doktorarbeiten
und scherzt, dass er einen gescheiten
Schwips hat! SOMMER kriecht genau
da herein und wirkt »blau«
für alle in WINTERs EXPERIMENTiergruppe. Zwei
Probanden
machen EXPERIMENTelle Fotos, die in Zeitungen landen!

Haushaltshilfe WINTER und Doktor SOMMER beim NOTAR

Doktor SOMMERs Haushaltshilfe WINTER betreut beim
NOTARiatsverwalter
nebenan Blumen, als beim NOTARzt und Katzenhalter
im Erdgeschoss ein Wasserrohr bricht!
Aus SOMMERs und WINTERs Sicht
kann der NOTARzt derweil beim NOTARiatsverwalter
gießen
und wohnen und der NOTARiatsverwalter Urlaub genießen.
Der arbeitslose NOTARzt durchwühlt NOTARverträge,
NOTARlisten, NOTARurkunden,
NOTARsoftware und NOTARbeschwerden. Er fälscht
mehrere Stunden
die NOTARunterschrift auf NOTARiellen Beglaubigungen.
Der NOTARzt findet's gut gelungen!
Er entdeckt stattliche NOTARhonorare zwischen der
NOTARgebührenordnung
und NOTARhandbüchern. Der Tag ist noch jung,
als der NOTARzt damit verschwindet
und WINTER alles verwüstet vorfindet.

Haushaltshilfe WINTER und Doktor SOMMER FETZEN

Während Bauer SOMMERachs Hunde herumFETZEN,
muss Doktor SOMMER sich hinsetzen
wegen des hochSOMMERlichen Wetters. Mehrere
FleischFETZEN luren
aus SOMMERs mitgebrachten FETZENfleisch-Burgern, und
Spuren
der Soße landen mit ServiettenFETZEN
auf Fußbodenfliesen. SOMMERachs Hunde verletzen
SOMMERs Haushaltshilfe WINTER sicherlich ganz aus
Versehen,
als PapierFETZEN um ihren fetzigen FETZENrock
herumwehen
und sie sich nach den FleischFETZEN bückt.
SOMMERach sagt »FETZENkerl« zu SOMMER und drückt
die Notruftaste auf seiner Tastatur. Notärzte verfrachten
WINTER! Wird »FETZENkerl« SOMMER bei
SOMMERach übernachten,
obwohl überall FleischFETZEN zwischen zerfetzten
HosenFETZEN herumliegen?
SOMMERachs Hunde knurren, bis sie FETZENfleisch
kriegen!

Haushaltshilfe WINTER und Doktor SOMMER FLIEGEN

Haushaltshilfe WINTER und Doktor SOMMER FLIEGEN
FLIEGEN
ins Auto! Von WINTERs versprühtem FLIEGENspray
kriegen
beide Niesanfälle. WINTER will umherFLIEGENde
FruchtFLIEGEN vertreiben,
startet die FLIEGENjagd mit FLIEGENklatschen neben
Fensterscheiben
und umhüllt, zu SOMMERs Entsetzen,
sein Lenkrad vollständig mit FLIEGENnetzen!
FLIEGENfallen gegen SchmeißFLIEGEN und die
schieFLIEGENden FLIEGENohren
für Pferde gehen unter durcheinanderFLIEGENden
FLIEGENrollos verloren,
als SOMMER »Gemeine StechFLIEGEN« umFLIEGEN und
FLIEGENpapier
mit FLIEGENleim sich mit WINTERs verschüttetem Bier
verbindet. SOMMER verheddert sich beim Lenken
im FLIEGENnetz und beendet sein Denken.

Haushaltshilfe WINTER und Doktor SOMMER im BUNKER

Haushaltshilfe WINTER und Doktor SOMMER dürfen mitmischen
beim BUNKER-Event! WINTER quatscht ständig dazwischen,
als beide einen LuftschutzBUNKER für die BUNKERnacht
zugeteilt bekommen. SOMMER BUNKERt Mineralwasser. Es kracht,
als die schwere BUNKERtür ins Schloss fällt.
SOMMER überlegt, wie er den BUNKERofen abstellt,
weil der unter BUNKERlampen wie verrückt einheizt!
WINTER demoliert versehentlich sämtliche BUNKERlampen und geizt
nicht mit Mineralwasser, weil sie SOMMERs Stinkesocken
gründlich waschen mag. SOMMERs Kehle ist trocken,
als er in der BUNKERküche herumexperimentiert,
weil das fließende Wasser nicht funktioniert.
WINTER hat alles Mineralwasser zum Waschen verbraucht,
und es ist dunkel. Der BUNKERofen raucht
und stinkt entsetzlich aus allen Ritzen.
SOMMER und WINTER geraten ins Schwitzen,
weil sie die tonnenschwere BUNKERtüre nicht aufkriegen.
SOMMER grübelt. Irgendwo muss die Bedienungsanleitung liegen!

Haushaltshilfe WINTER und Doktor SOMMER im DUNST

Doktor SOMMERs Haushaltshilfe WINTER kann's kaum glauben –
Sommer referiert im NebelDUNST über defekte DUNSTabzugshauben
auf einem völlig unbekannten Berggipfel! Statt KüchenDUNST
riecht WINTER verDUNSTenden Schweiß. Die hohe Kunst
des Kartenlesens beherrscht SOMMER unzureichend,
und er antwortet WINTER ausweichend
auf Fragen zu seinem BierDUNST, DUNSTströmen, DUNSTglocken
über Städten und DUNSTfettfilter. Die beiden hocken
in pechschwarzer Dunkelheit auf der Bergspitze.
Neben DUNSTrohrziegeln macht SOMMER dumme Witze
über seinen DUNSTkreis und überreicht WINTER DUNSTpflaumen.
Der verdurstenden WINTER pappen DUNSTobsterzeugnisse am Gaumen!

Haushaltshilfe WINTER und Doktor SOMMER im EREIGNIS

Doktor SOMMERs Haushalthilfe WINTER befüllt mehrere EREIGNISprotokolle
übers GroßEREIGNIS Kreuzfahrt. SOMMER bekam eine Gastrolle
beim Krimidinner, das furchtbar EREIGNISreich
war! SOMMER verschluckte sich gleich
beim Kosten von SOMMERcocktails, SOMMERsalaten mit SOMMERwurz
und SOMMERreis mit WINTERgewürzen. SOMMER verschwand kurz
zur Toilette. WINTER bemalte EREIGNISkarten und EREIGNISbilder,
als ein rotgesichtiger Schiffssteward wie ein Wilder
in den eleganten Speisesaal lief,
stolperte und entsetzlich laut rief:
»Mann über Bord!« War SOMMER damit gemeint?
SOMMER ist und bleibt verschwunden. WINTER weint.

Haushaltshilfe WINTER und Doktor SOMMER im GALOPP

Doktor SOMMERs Haushaltshilfe WINTER besichtigt die GALOPPstrecke
vom GALOPPrennverein, als GALOPPrennpferde um die Ecke
GALOPPieren! Einem GALOPPertrainer rissen Führzügel
auf der GALOPPrennbahn vorm Aussichtshügel.
Der GALOPPer des Jahres, ein GALOPPerhengst, überspringt
WINTER, wovon SOMMER ein tolles GALOPPfoto gelingt!
WINTER sieht bei den GALOPPsprüngen Rennhufeisen blitzen
und bleibt auf der GALOPPrennstrecke andächtig sitzen,
bis eine GALOPPerstute im RennGALOPP von irgendwoher
geschossen kommt! SOMMER und GALOPPertrainer sind schwer
beeindruckt von SOMMERs GALOPPfoto und SOMMERs Fachwissen
über GALOPPierende Demenz. ÜberWINTERt WINTER unter Sattelkissen?

Haushaltshilfe WINTER und Doktor SOMMER im GEBÄUDE

Haushaltshilfe WINTER und Doktor SOMMER besichtigen
GEBÄUDEflächen
im GerichtsGEBÄUDE, wo laut GEBÄUDEmanager kuriose
Verbrechen
stattfanden. Weil GEBÄUDEsanierung, GEBÄUDEqualität
und das GEBÄUDEenergiegesetz
beide nicht interessieren, flüchten sie beim Geschwätz
darüber durch barrierefreie GEBÄUDEzugänge in einen
GEBÄUDEblock
hinterm verfallenen EmpfangsGEBÄUDE in den allerobersten
Stock,
wo sie hinterm »Bitte nicht stören!«-
Schild unterhalb der GEBÄUDEnummer Knarrgeräusche
hören!
SOMMER stolpert über herumliegende
GEBÄUDEfensterfolie, GEBÄUDEgrundbücher,
und GEBÄUDEzustandsberichte zum GEBÄUDEreiniger, der
Reinigungstücher
um den Hals gebunden hat und fast reglos
an der GEBÄUDEdecke baumelt! WINTER findet's famos
und zückt automatisch die Handykamera für Bilder.
Die Zustände in GerichtsGEBÄUDEn werden immer wilder!

Haushaltshilfe WINTER und Doktor SOMMER im HAGEL

Doktor SOMMERs Haushaltshilfe WINTER klaut
SOMMERs HAGELschutzplanen vom Auto, baut
aus HAGELschutznetzen für den Weinbau und
HAGELdecken
einen Überbau für SOMMERbeete und zwinkert kecken
HAGELdürren Kerlen am Gartenzaun kurz vorm
HAGELalarm
unter HAGELwolken zu. Es ist grässlich schwülwarm,
als golfballgroße HAGELkörner im Gras
landen und sogar HAGELfestes Glas
durchlöchern! SOMMERs Auto zieren HAGELdellen.
SOMMERs HAGELkorn
am Auge zuckt, wegen seinem enormen Zorn!
Er kündigte die HAGELversicherung und kaufte
HAGELplanen.
WINTER schmollt. Wie sollte sie dies ahnen?

Haushaltshilfe WINTER und Doktor SOMMER im INTERVIEW

Doktor SOMMER bekommt für FachINTERVIEWs,
INTERVIEWregeln, INTERVIEWanfragen,
INTERVIEWverträge und INTERVIEWtermine. Als seine
Stimbänder versagen,
nimmt Haushaltshilfe WINTER an seiner Stelle Platz.
SOMMER schickt sie mitsamt INTERVIEWvereinbarungen
als Ersatz.
Schon die INTERVIEWvorbereitung vor der bedruckten
INTERVIEWwand
bringt INTERVIEWer und INTERVIEWte um den Verstand,
weil sie beim INTERVIEWgespräch immer wieder
zusammenklappt.
WINTER ist der INTERVIEWführer unsympathisch, deshalb
schnappt
sie sich unbemerkt sein Wasserglas neben
INTERVIEWanalysen
und kippt Knockout-Tropfen hinein – zum Versüßen,
sozusagen! Als die INTERVIEWwand wieder umfällt, bleibt
der INTERVIEWer liegen. Weil er alles übertreibt!

Haushaltshilfe WINTER und Doktor SOMMER im KAHN

Bei KAHNbauer KAHNeman bricht öfter ein KAHNbein!
Den Unfallbericht dazu verfasst KAHNeman stets allein.
Einmal, als Doktor SOMMER KAHNeman länger
krankschreibt
und KAHNeman seinen KAHNbaubetrieb nur sporadisch
betreibt,
gehen beide hinterm KAHNhebehaus auf KAHNfahrt,
wobei SOMMER im FischerKAHN beim Start
in Richtung KAHNbar und einem LastKAHN winkt
und KAHNemans FischerKAHN dadurch zum Kippen bringt!
SOMMER muss vorm KAHNhafen einem SchleppKAHN
ausweichen
und lässt sich von KAHNeman Handtücher reichen.
SOMMER diagnostiziert bei KAHNeman KAHNbeinfrakturen
am Fuß.
SOMMERs Haushaltshilfe WINTER schickt KAHNeman
einen Genesungsgruß
ins Krankenhaus. Die KAHNbeinbrüche werden geschraubt.
Ob KAHNemans Krankenkasse das Ganze glaubt?

Haushaltshilfe WINTER und Doktor SOMMER im KOMA

Haushaltshilfe WINTERs und Doktor SOMMERs
Lieblingsoma
wird nichtsahnend neben dem BanKOMAtschalter ins KOMA
befördert! Die BanKOMAtbande konnte mit
BanKOMAtsprengungen auslösen,
dass etliche Menschen bei BanKOMAtabhebungen in
KOMAtösen
Zustand gerieten. Oma ist auf einer KOMAstation.
Zwischen anderen, jüngeren KOMApatienten weilt Oma schon
sehr lange dort. SOMMER erzählt bei Besuchen
von BanKOMAtgebühren, BanKOMAtverzeichnissen und
Fehlern beim Abbuchen.
Eines SOMMERtags wird Oma in den Keller
mitsamt Totenschein gefahren. SOMMER saust in heller
Aufregung von der KOMAstation hinunter und schwört,
dass er's in Omas Sarg klopfen hört!
Neben Medizinstudenten öffnet SOMMER den Sarg
ungeschickt.
Wonach er in Omas hellwache Augen blickt!

Haushaltshilfe WINTER und Doktor SOMMER im PRUNK

Im PRUNKsaal bewacht Doktor SOMMERs Patient
PRUNKstedt
PRUNKjuwelen, PRUNKleuchter, PRUNKbrunnen,
PRUNKbecher und das PRUNKbett
vom PRUNKsessel aus. Verstohlen drückt
PRUNKstedt SOMMER etliche PRUNKstücke beglückt
in die Tasche! SOMMER behandelt PRUNKstedt lebenslang
kostenlos, so haben sie's vereinbart. Etwas bang
ist SOMMER nur, wenn er dran denkt
oder Haushaltshilfe WINTER eines der PRUNKstücke
schenkt!
Im PRUNKgewand organisiert SOMMER eine PRUNKhafte
Feier
und lädt WINTER, PRUNKstedt und PRUNKmeister Meier
ein – ins PRUNKschloss mit PRUNKkerker und
PRUNKzimmer.
Die PRUNKsucht vom PRUNKliebenden SOMMER wird
schlimmer!

Haushaltshilfe WINTER und Doktor SOMMER im REGEN

Doktor SOMMERs Haushaltshilfe WINTER zählt aufgeregt
REGENumhänge
und REGENschirme beim StarkREGEN. Eine riesige
Menschenmenge
wartet REGENnass aufs Animationsprogramm beim REGEN
vorm Urlaubshotel. SOMMER stürzte beim Wegbewegen
vom Flugzeug zwischen REGENpfützen vor Ankunftshallen
und musste in einen REGENgraben fallen,
vor dem lustigerweise die BREGENzer Firma REGENauer
REGENstiefel und REGENwasserdichte REGENmäntel beim
allerheftigsten REGENschauer
testete und einen aufsehenerREGENden Werbespot
zusammenschnitt!
Unter REGENwolken tat SOMMER keinen Schritt
mehr, sondern kam bei GewitterREGENschauern ins
Inselkrankenhaus.
WINTER ist neuerdings Firmenchef REGENauers
»süße Maus«,
und während die Hotelgäste das REGENprogramm
absolvieren,
zeigt REGENauer WINTER den REGENtanz vor
Kampfstieren!

Haushaltshilfe WINTER und Doktor SOMMER im STAU

Doktor SOMMER erblickt leicht STAUnend das STAUende,
während Haushaltshilfe WINTER etwas verSTAUt, ihre
Hände
kurz am STAUbtuch abputzt, über FeinSTAUb wettert
und wegen STAUbtrockener Kekse nach hinten klettert.
SOMMER registriert STAUbgraue Lieferwagen vorn,
Traktoranhänger in STAUbwolken, mit Korn
beladen, am Feld nebenan und STAUbverkrustete Leitplanken
dazwischen. »STAUb zu STAUb«, sind SOMMERs
Gedanken,
als er zwischen STAUmeldungen auf STAUbigem
Straßenbelag
bremst. WINTER, die gelegentlich STAUbtrockene Kekse
mag,
schmecken diese neben dem STAUraum einigermaßen.
SOMMER träumt von STAUfreien Straßen
und fährt dem STAUbgrauen Lieferwagen ins Heck.
WINTER liegt zwischen STAUbigen Keksen im Dreck.

Haushaltshilfe WINTER und Doktor SOMMER im TEAM

Haushaltshilfe WINTER und Doktor SOMMER tragen TEAMjacken
als ÄrzteTEAM beim TEAMorientierten TEAMausflug! Beim Holzhacken
wollen TEAMchefs von KameraTEAMs Interviews führen,
und SOMMER glaubt, TEAMgeist zu verspüren –
bis ihm die scharfe Spaltaxt entgleitet,
weil am TEAMtrail sich ein FrauenfußballTEAM vorbereitet,
auf Eseln! Als WINTER ihre leuchtrote TEAMjacke
schwenkt, startet eine sture Eseldame eine Attacke
gegen WINTER, der daraufhin auch ihr Hackbeil
runterfällt. Weder SOMMER noch WINTER bleiben heil!
Nach einer TEAMbesprechung mietet SOMMER als TEAMleiter
ein OperationsTEAM. Die TEAMarbeit gestaltet sich heiter!

Haushaltshilfe WINTER und Doktor SOMMER im WRACK

Beim WRACKtauchen nach dem WRACKangeln,
zwischen WRACKtauchern und WRACKtaucherinnen, hangeln
sich Haushaltshilfe WINTER und Doktor SOMMER aufgeregt
durchs SchiffsWRACK! Zwischen WRACKteilen, wie WRACKholz, legt
eine WRACKtaucherin routiniert ein rotes Seil
für SOMMER und WINTER, die steil
damit ins WRACKschiff hinuntergeführt
werden. Den riesigen WRACKbarsch spürt
SOMMER erst, bevor er ihn sieht!
Urplötzlich verschwindet die WRACKtaucherin und zieht das rote Seil mit sich.
SOMMER fühlt einen starken Herzstich
und Panik. Vorm WRACKangeln und WRACKtauchen prahlte
er von seinen eigenen WRACKmuseen und malte
ein falsches Bild von seinem Reichtum.
SOMMER fühlt sich hilflos und dumm.

Haushaltshilfe WINTER und Doktor SOMMER in KRISEN

KRISENmanager empfehlen Doktor SOMMER, wegen
NachkriegsKRISEN, FlüchtlingsKRISEN,
BankenKRISEN, KRISENsituationen, ErdölKRISEN und
KlimaKRISEN einen riesen
Haufen KRISENsicherer Aktien zu horten
und KRISENnahrung an sicheren Orten –
wie WINTERs neuem Atombunker – zu verstauen!
Dem KRISENforscher aus dem KRISENteam vertrauen
SOMMER und Haushaltshilfe WINTER nach
KRISENgesprächen voll.
Mit KRISENvorsorgelisten, KRISENratgebern und
KRISENtelefonen bewaffnet soll
SOMMER KRISENerfahrung im Bunker sammeln.
WINTER soll die Bunkertüre verrammeln
und eine KRISENeinrichtung für Frauen aufsuchen.
SOMMER futtert zwischen KRISENvorräten WINTERs
SOMMERkuchen!

Haushaltshilfe WINTER und Doktor SOMMER in RENTE

Doktor SOMMER und Haushaltshilfe WINTER füttern
MooRENTEn.
Seit dem RENTEneintritt schlafen sie in getrennten
Schlafzimmern. Ein RENTEnberater schlichtet seit
RENTEnbeginn
ihre Streite, weil SOMMER seinen Gewinn
von der RENTEnlotterie nicht teilen mag.
WINTER erklärt vor HöckeRENTEn den RENTEnfreibetrag
und BodenRENTEnmodelle, als sie stutzt.
Eine transpaRENTE Ausweishülle treibt verschmutzt
zwischen HöckeRENTEn, MooRENTEn, einem
durchweichten RENTEnformular, Gerümpel
und der Leiche eines RENTEngutachters im Ententümpel!
SOMMER kannte den RENTEngutachter aus der Wohnung
im Nachbarhaus. SOMMER schenkt WINTER zur
Nervenschonung
beider doch etwas RENTEngeld aus der RENTEnlotterie.
SOMMER mietet die freigewordene Wohnung – für sie!

Haushaltshilfe WINTER und Doktor SOMMER in WIEN

Doktor SOMMERs Haushaltshilfe WINTER zertritt WIENer
Würste
vor Fußraumschalen. Sie WIENert Schuhe mit Schuhbürste
und Poliertuch, während SOMMER albern WIENerisch
spricht
und auf der WIENtal-Autobahn Geschwindigkeitsrekorde
bricht.
SOMMER kramt Karten der WIENer Sängerknaben
herbei. Hinterm Motorrad aus JugoslaWIEN traben
Lipizzaner! Zwei stehende Pferdetransporter mit WIENer
Kennzeichen
lassen SOMMER neben WIENerle im Laugenteig erbleichen,
bevor er das Fahrzeug aus WIEN rammt,
dessen WIENer Fahrzeughalterin aber aus MoldaWIEN
stammt!
WINTER reklamiert in der WIENer Krankenanstalt
das WIENer Schnitzel. Es ist kalt.

Haushaltshilfe WINTER und Doktor SOMMER mit AMPEL

Doktor SOMMERs Nachbarbauer SOMMERach montiert
modulare AMPELleuchten
auf AMPELmasten neben dem TrAMPELpfad an einem
nassfeuchten
WINTERtag. Bei rotem AMPELlicht trAMPELn
SOMMERachs Zugochsen,
neben verkleideten HAMPELmännern, die in
StrAMPELhosen boxen,
hin und her über die Straße,
vor AMPELzeichen und langer roter AMPELphase!
SOMMER und Haushaltshilfe WINTER sind als
AMPELmännchen
verkleidet und verteilen pappsüßen PAMPELmusensaft in
Kännchen
an genervte Autofahrer. Einer schreit »Ihr BauerntrAMPEL!«
– dann streift der AMPELsünder WINTER und AMPEL,
als er am närrischen Faschingsdienstag beim AMPELausfall
Zugochsen rammt, und zwar vor SOMMERachs Stall!

Haushaltshilfe WINTER und Doktor SOMMER mit ANTENNE

Doktor SOMMER hilft einem ANTENNEnbauer!
Sein ANTENNEnbohrer entgleitet beim Regenschauer
seinen Händen und landet mitsamt ANTENNEnattrappe,
ANTENNEndurchgangsziegel, ANTENNEnkabel,
ANTENNEnbefestigung, ANTENNEnmessgerät und
Dachpappe
im untenstehenden Kinderwagen! Kurz hockt
SOMMER mit ANTENNEnleerdosen und
ANTENNEnleitungen geschockt
neben dem Kamin, dann rutscht er übers Dach
und landet selbst im Kinderwagen, mit Krach!
Zu SOMMERs Glück ist der Kinderwagen leer.
Haushaltshilfe WINTER unterbricht den Urlaub am Meer,
um SOMMER beim digitalen ANTENNEnfernsehen zu
pflegen.
Wobei beide sich beim Fernsehen kaum bewegen!

Haushaltshilfe WINTER und Doktor SOMMER mit APFEL

Doktor SOMMERs Haushaltshilfe WINTER testet
APFELweintorte, APFELnektare,
APFELzerteiler, APFELsinenpressen, APFELreiben, einen
gefüllten ErdAPFEL, klare
APFELsäfte und APFELliköre, APFELmaultaschen und die
APFELschimmelstute
»APFELchips« mit APFELgrünen Bandagen, die etliche
ungute
Eigenschaften besitzt! SOMMER führt »APFELchips« am
Führzügel
auf der APFELkoppel zur APFELzeit, verstellt Steigbügel
und verzehrt neben APFELbäumen und APFELkisten
geschälte
APFELsinen und APFELquitten und bietet »APFELchips«
ausgewählte
APFELringe mit APFELschale und APFELstücke,
als »APFELchips« zu einer Lücke
im Zaun beim APFELhotel neben dem KlarAPFELbaum
galoppiert und sich durch den Zwischenraum
zwängt; viel zu eng für WINTERs Beine!
SOMMER, WINTER und Notärzte testen sortenreine
APFELweine.

Haushaltshilfe WINTER und Doktor SOMMER mit AUFGABE

Doktor SOMMERs Haushaltshilfe WINTER versteht beim Führerscheintest
weder AUFGABEnstellung noch AUFGABEnziel. Sie schließt fest
die Augen. Das hat sie bei SchulAUFGABEn
stets getan! WINTERs AUFGABEnerledigung endet im Wassergraben
hinter der GepäckAUFGABE eines Flughafens. Zwei AUFGABEnblätter
bedecken die Windschutzscheibe innen, als WINTERs Retter,
nämlich zwei Führerscheinprüfer, sie aus dem Fahrschulwagen
zerren. Irgendwelche AUFGABEnträger eines
AUFGABEnmanagements bescheinigen Bremsversagen,
dann wird der Wagen verschrottet
und WINTER von SOMMER verspottet.
WINTER sortiert AUFGABEnlisten aus ihrem AUFGABEngebiet,
wobei SOMMER ihr prüfend genauestens zusieht!

Haushaltshilfe WINTER und Doktor SOMMER mit BATTERIE

Selbstverständlich bevorzugt Doktor SOMMER
WINTERstoder, den BATTERIEhersteller,
mit der BATTERIEfabrik, der ihm neben dem Fahrradkeller
eine BATTERIEladestation, BATTERIEcontainer und
BATTERIEbetriebene Deckenleuchten anbrachte.
Haushaltshilfe WINTER liest BATTERIEinformationen und
klopft sachte
an SOMMERs Tür, weil andere Wartende schimpfen.
SOMMER scheint WINTERstoder gegen alles zu impfen!
WINTERs Handy zeigt die BATTERIEladung in Prozent,
als SOMMERs BATTERIEladestation wegen eines
BATTERIEfeuerwerks abbrennt!
WINTER blickt verdutzt ins leere
Wartezimmer, während SOMMER eine schwere
BATTERIEuhr mit defektem BATTERIEuhrwerk mit
WINTERstoder richtet.
Und der Kellerbrand SOMMERs BATTERIEbetriebene Habe
vernichtet.

Haushaltshilfe WINTER und Doktor SOMMER mit BOMBE

Doktor SOMMER entfernt BOMBEnsplitter aus einem BOMBEnattentäter
und BOMBEnbastlerinnen bei BOMBEnwetter. Die BOMBEndrohung später
hält SOMMER für eine BOMBEnidee. Die BOMBEnfunde,
die BOMBEnräumung, die BOMBEnentschärfung, die toten BOMBEnhunde,
die StinkBOMBEn und die BOMBEnbergung im Einkaufsparadies
bekommt SOMMER erst mit, als es mies
stinkt und seine Haushaltshilfe WINTER einen verletzten
BOMBEnbauer in BOMBErjacke hereinbringt, der einen gehetzten
Eindruck macht, von BOMBEnbauplänen und BOMBEnzielgeräten erzählt
und SOMMER mit garantiert BOMBEnsicheren BOMBEnwurfstrategien quält,
bevor er seinen heißgeliebten, BOMBEnfesten BOMBENgürtel hervorzeigt
und der SOMMERtag sich zu Ende neigt!

Haushaltshilfe WINTER und Doktor SOMMER mit FASS

Doktor SOMMER und Haushaltshilfe WINTER sind
FASSungslos!
Nachbarbauer SOMMERachs FASSbutter im ButterFASS
sind bloß
gefärbte Sahneklumpen, aber unFASSbarerweise
Verkaufsschlager
im Internet! In SOMMERachs Kellerlager
fotografiert SOMMER ein WeinFASS mit FASSbrause,
FASSsaunen
ohne FASSdeckel, FASSadendämmung und FASSadenfarben
in braunen
Farbtönen und bietet alles gegen Vorauskasse
auf Internetplattformen an! SOMMERach findet's klasse,
dass SOMMERs Besteller niemals Ware
erhalten. Über wie viele Jahre
können SOMMERach und SOMMER betrügen? Polizisten
beFASSen
sich mit Hinweisen. SOMMERachs Anwesen wirkt verlassen.

Haushaltshilfe WINTER und Doktor SOMMER mit FLOß

Doktor SOMMER mietet beim FLOßverleih ein FLOß
fürs FLOßrennen zwischen FLOßstationen. Er tönt groß,
er liebe FLOßtouren schon lange
und besitze eine eigene FLOßschiebestange.
SOMMER prüft das FLOßholz und gibt FLOßmeistern
Tipps, wie sie FLOßfahrer für FLOßrennen begeistern
könnten und wie man FLOßunfälle
verhindert! Gleich an der FLOßanlegestelle
beim Rennstart hält SOMMER seine FLOßschiebestange steil
nach oben und blockiert dann einen Teil
der FLOßrutsche, weil er samt FLOßschiebestange runterfällt
und sich am FLOßboot eines FLOßbauers festhält,
der FLOßurlaub ohne FLOßrennen verbringen
möchte! Rettungsflöße vom FLOßverleih umringen
den FLOßbauer, und SOMMERs Haushaltshilfe WINTER
stürzt
vom RettungsFLOß, was die FLOßszene zusätzlich würzt.

Haushaltshilfe WINTER und Doktor SOMMER mit GERTE

Doktor SOMMERs Haushaltshilfe WINTER will
WeidenGERTEn stibitzen
von Weidenbüschen. Drei abgemaGERTE, getiGERTE
Kätzchen sitzen
da auf zwischengelaGERTEn Müllsäcken und miauen
verschreckt
neben umgebagGERTEr Erde. Ein ausgehunGERTEr Kater
streckt
WINTER eine verletzte Pfote entgegen!
WINTER muss nicht lang überlegen.
Die ausgehunGERTEn, GERTEnschlanken Katzen winden
sich ganz kurz, dann verschwinden
sie in WINTERs Jutetasche. SOMMER verschüttet glatt
JaGERTEe, als er sieht, was WINTER dabeihat!
SOMMER muss aufs dritte Behandlungszimmer verzichten.
WINTER will ein ideales Katzenzimmer einrichten!

Haushaltshilfe WINTER und Doktor SOMMER mit HANF

Doktor SOMMERs Haushaltshilfe WINTER jobbt im
HANFladen
vorm HANFlabyrinth in HANFfeldern. SOMMER futtert
HANFschokoladen,
während er mit DichtungsHANF experimentiert,
das EinHANFen von Verschraubungen ausprobiert,
HANFbier und HANFmilch gleichzeitig trinkt
und nach ranzigem HANFnussöl stinkt.
Polizist HANFried besucht WINTER regelmäßig. SOMMER
schenkt
HANFried HANFschnaps und HANFlikör aus
HANFblütenextrakt, lenkt
ihn nach HANFwein und HANFbieren
in HANFjeans auf allen vieren
ins HANFlabyrinth, erzählt ihm von HANFseilfabriken
und zurrt HANFseile an HANFrieds dicken
Hals fest. Volltrunken zittert SOMMER wie Espenlaub!
Still liegt HANFried neben HANFwurzeln im Staub.

Haushaltshilfe WINTER und Doktor SOMMER mit HARFEN

Doktor SOMMER hat HARFENspieler eingeladen!
Die HARFENistin hat einen Motorschaden.
Der HARFENist schneidet zu HARFENmusik seinen HARFENstrauch
nach einem HARFENkonzert und verletzt seinen Bauch
dabei mit der scHARFEN Heckenschere.
Er erleidet Verletzungen. Sehr schwere!
KonzertHARFEN und HARFENhocker wurden vorab aufgebaut.
Ein Patient, HARFENbauer und HARFENlehrer traut
sich, einer Harfe HARFENklänge zu entlocken
und mit einer HARFENgitarre etwas herumzurocken!
Dann stößt die HARFENistin verspätet hinzu.
Erbost schleudert sie HARFENhocker und einen SOMMERschuh
auf den HARFENlehrer und verlangt Leihgebühren
für ihre HARFEN! SOMMER diagnostiziert Starallüren
bei beiden. Haushaltshilfe WINTER drückt einen Alarmknopf.
Bei Sirenengeheul flüchten alle Hals über Kopf!

Haushaltshilfe WINTER und Doktor SOMMER mit HUMMEL

Doktor SOMMER und Haushaltshilfe WINTER
scHUMMELn HUMMELn
aus Plastik an Kassenkräften vorbei. Dann bummeln
sie weiter. SOMMER will das Wartezimmer umdekorieren.
WINTER bastelt HUMMELkörper und HUMMELflügel aus
Tonpapieren
und hängt sie neben Blumentöpfe,
die HUMMELnistkästen darstellen, über Patientenköpfe.
Ein HUMMELexperte erzählte SOMMER von der
HUMMELproduktion
in fußballfeldgroßen Hallen. WINTER hatte darüber schon
Dokumentationen gesehen. HUMMELvölker werden
produziert.
Dunkle ErdHUMMELn verschicken HUMMELzüchter
ungeniert
über Kontinente zu ihren Einsatzorten! WINTER fliegt
ein HUMMELnistkasten herunter, den Patient
ScHUMMELmeier abkriegt!

Haushaltshilfe WINTER und Doktor SOMMER mit HUMMEL

Haushaltshilfe WINTER und Doktor SOMMER
scHUMMELn
HUMMELhotels, HUMMELpflanzen, HUMMELnisthütten,
HUMMELkalender und PlastikHUMMELn
an der Baumarktkasse vorbei. WINTER juckt
HUMMELgift vom HUMMELstich. Neben SOMMER zuckt
Detektiv und HUMMELexperte HUMMELs seine taufrischen
Ausweispapiere!
WINTER beteuert, dass sie WALDHUMMELn und Tiere
allgemein liebt und ihren HUMMELgarten bestücken muss.
Sie schenkt HUMMELs selbstgezeichnete
HUMMELportraits, einen Handkuss
und imitiert die HUMMELatmung beim Yoga perfekt.
SOMMER zeigt HUMMELs stolz ScHUMMELsoftware und
steckt
ihm diese zu! WINTER tanzt den HUMMELtanz.
HUMMELs vergisst den Diebstahl voll und ganz.

Haushaltshilfe WINTER und Doktor SOMMER mit INSTINKT

Haushaltshilfe WINTER und Doktor SOMMER sehen
»KillerINSTINKT«
im Kino. INSTINKTreduzierten Wesen hinter WINTER
gelingt
es, SOMMER durch Rülpslaute fuchsteufelswild zu machen!
In der Werbepause geht's um INSTINKTbewegungen,
INSTINKTsachen,
den angeborenen LernINSTINKT, INSTINKTbasierte
Ernährung und INSTINKTmodelle.
SOMMER rastet INSTINKTuell aus! WINTER hört grelle
Schreie, als SOMMER der VernunftINSTINKT verlässt
und er einem INSTINKTreduzierten Wesen fest
ins Hinterteil zwickt und die Gurgel zudrückt!
SOMMER macht sämtliche Personen mit
ÜberlebensINSTINKT verrückt.
Welche mit FluchtINSTINKT flüchten INSTINKTgetrieben,
während andere INSTINKTmäßig Auseinandersetzungen
lieben
und sich einmischen. SOMMER und WINTER sehen
vermutlich INSTINKTsichere Menschen für »Basic Instinct«
anstehen.
SOMMER und WINTER flüchten ebenfalls INSTINKTiv.
Im Kinosaal hängt der Haussegen schief!

Haushaltshilfe WINTER und Doktor SOMMER mit KATER

Doktor SOMMER hilft mit MuskelKATER und stark
verKATERt nach den SKATERtagen im Skatepark
beim Müllsammeln! Hinterm SKATERtreff vor
SKATERrampen kehrt
Haushaltshilfe WINTER, die dabei auf SKATERrollen fährt.
SOMMER hört klagendes KATERgeschrei, blickt zur
SKATERhalle
und sieht einen SiamKATER mit zugeschnappter Tierfalle
am Hinterbein zwischen SKATERrucksäcken und
SKATERhelmen unter
SKATERtaschen auf verschmutzten SKATERkleidern und
haufenweise bunter
SKATERhosen liegen! Weil SOMMER hilflos mit
SKATERsocken
wedelt, kann er Zuschauer vom SKATERhockey anlocken
und einen Handwerker, der PlaKATERneuerungen macht.
Letzterer befreit den leidenden SiamKATER sacht!

Haushaltshilfe WINTER und Doktor SOMMER mit KLETTE

Doktor SOMMER verliert seine Kniebandage zum KLETTEn oben am KLETTErgerüst, als er mit netten, herumKLETTErnden Kindern spricht, die KLETTErschuhe, KLETTErartige Pflanzen,
KLETTErseile, KLETTErhelme und KLETTErhaken aus ihren Schulranzen
zerren und SOMMER richtiggehend aufgeregt zeigen! SOMMERs Haushaltshilfe WINTER legt SOMMERs Blutdruckmessgerät mit dunkelgrüner KLETTEnmanschette zurecht.
SOMMER kostet KLETTEnsaft, der nicht schlecht schmeckt. Ein Mädchen stürzt, landet auf KLETTErrosen und KLETTErgriffen, und die Eltern machen riesengroßen Ärger! Sie wollen SOMMER und WINTER verklagen. Gewiss hat SOMMER eine Mitschuld zu tragen!

Haushaltshilfe WINTER und Doktor SOMMER mit LAPPEN

Doktor SOMMER und Haushaltshilfe WINTER schwingen PutzLAPPEN
neben FensterkLAPPEN vor Patienten mit künstlichen VenenkLAPPEN,
die sich über HerzkLAPPENfehler, StirnLAPPENplastiken, und BadeschLAPPEN
unterhalten und von denen zwei JammerLAPPEN zusammenkLAPPEN,
wegen großer Hitze. WINTER legt
Patient SOMMERstedt, der völlig unbewegt
im Selbst ruht mit seiner HerzkLAPPENplastik,
große BaumwollLAPPEN und feuchte WaschLAPPEN hastig
übers bleiche Gesicht mit dem überLAPPENden Augenlid.
Der Radiomoderator spricht von SOMMERgewittern im Sendegebiet,
von LungenLAPPEN und von Firmen, die illegalen
Müll verkLAPPEN, und verrät, wo's günstige SOMMERsandalen
gibt! SOMMER scheucht alle zum SOMMERsandalen kaufen.
SOMMERstedt vergisst beim SOMMERgewitter prompt das Schnaufen.
Während der Radiomoderator für SOMMERsandalen wirbt,
hat WINTER Angst, dass SOMMERstedt stirbt.

Haushaltshilfe WINTER und Doktor SOMMER mit LAPPEN

Weil Doktor SOMMERs Haushaltshilfe WINTER
BadeschLAPPEN,
Kosmetikspiegel zum UmkLAPPEN, PutzLAPPEN und
WaschLAPPEN
zum Einpacken vergaß, muss SOMMER umkehren!
SOMMER ist schlapp. Nach einer schweren
Lebensmittelvergiftung, vermutlich durch LAPPENtang
ausgelöst,
ist er am ZusammenKLAPPEN, döst
fast beim Wenden ein und gähnt herzhaft.
WINTER macht keinen schLAPPEN Eindruck und schafft
es, die Straßenkarte auf der Windschutzscheibe
aufzukLAPPEN
und direkt vor SOMMERs verstopfter Nase festzupappen!
SOMMER niest und kollidiert mit Gegenverkehr.
WINTER atmet wegen verletzter LungenLAPPEN schwer!

Haushaltshilfe WINTER und Doktor SOMMER mit LASER

Doktor SOMMER ersteht für LASERtherapien defekte
LASERgeräte.
LASERtechniker SOMMERfeld bringt Haushaltshilfe
WINTER bunte Drähte
vorbei und zeigt ihr konzentriert,
wie man kaputte Startschalter repariert.
WINTER fühlt sich wie ein Genie!
SOMMER verspricht Patienten modernste LASERtechnologie
bei LASERbehandlungen gegen sieben Arten von Schmerzen
und verkauft LASERschutzbrillen, LASERetiketten und LED-
LASERkerzen,
die ihm GLASER WINTERhoff billig
besorgt. Etliche Patienten füllen bereitwillig
WINTERs »selbstgestrickte« Fragebögen zur LASERmedizin
und LASERstrahlung
aus. SOMMER erkärt LASERakupunktur bei musikkalischer
Untermalung.
SOMMER und WINTER schummeln vergnügt.
Ob's auffliegt, dass SOMMER betrügt?

Haushaltshilfe WINTER und Doktor SOMMER mit OLIVEN

Doktor SOMMERs Patienten, zwei OLIVENfarmer, die
OLIVENholzhandel
auf OLIVENplantagen betreiben und über den Klimawandel
jammern, schenken Haushaltshilfe WINTER
OLIVENblätterextrakt, OLIVENmarmeladen, OLIVENseifen
und OLIVENparkett. Ob SOMMER die Chance ergreifen
will, ins Geschäft mit gepanschten OLIVENölen einzusteigen?
OLIVENbäuerinnen dekorieren WINTERs Vorzimmer mit
olivgrünen OLIVENzweigen,
OLIVENölen mit ranzigen OLIVEN und Lapantöl, nativ
und minderwertigen olivgelben OLIVENaufstrichen.
SOMMER schnauft tief
durch, weil's seinen Käufern schmeckt,
trotz dem, was drinnen steckt!
Die OLIVENfarmer haben SOMMER vertraglich lang
gebunden.
Letztens überprüfte ihn ein Mafiaboss mit Kampfhunden.

Haushaltshilfe WINTER und Doktor SOMMER mit PARTNER

Über ein PARTNERportal findet Doktor SOMMER zufälligerweise
eine PARTNERwerkstatt und TauchPARTNERinnen für eine Tauchreise!
Haushaltshilfe WINTER wird in einer PARTNERstadt nett
vor einem PARTNERclub von Professor Doktor SOMMERstedt
wegen ihrer hübschen PARTNERjacke angesprochen.
PARTNERstedt meint,
weil WINTER mitsamt PARTNERarmband und PARTNERring weint,
er könnte eine PARTNERrückführung mittels Telepathiearbeit durchführen!
SOMMER taucht mit TauchPARTNERinnen, die Panik verspüren
und viel zu schnell auftauchen.
SOMMER taucht hinterher. Plötzlich schlauchen
ihn einfachste Bewegungen. Er verliert das Bewusstsein.
PARTNERstedt lässt WINTER wegen intensivster Telepathiearbeit allein.

Haushaltshilfe WINTER und Doktor SOMMER mit PFIFF

Bauer SOMMERachs Hund PFIFFikus findet auf
DoppelPFIFF
PFIFFerlinge! Ansonsten ist PFIFFikus schwer von Begriff.
Doktor SOMMER verschwindet wegen DünnPFIFF hinter
Fichten.
SOMMERach und Haushaltshilfe WINTER üben
SignalPFIFFe, dichten
Unsinniges über verdorbene PFIFFerlingsuppe und
PFIFFigkeit,
als SOMMER PFIFFikus furchtbar laut hinterherschreit,
weil der PFIFFig und geschickt
ein junges Wildschwein kräftig zwickt!
WINTER, die gerade WarnPFIFFe und ElfmeterPFIFFe
probt,
wird plötzlich von Wildschweinmüttern und PFIFFikus
umtobt!
SOMMERach und SOMMER flüchten auf eine Fichte.
WINTER pfeift SchlussPFIFFe. Wie endet ihre
Fluchtgeschichte?

Haushaltshilfe WINTER und Doktor SOMMER mit RECHNUNG

Doktor SOMMERs Haushaltshilfe WINTER sendet
RECHNUNGsinformationen oftmals
OriginalRECHNUNGen mit verschiedenen
RECHNUNGsdaten hinterher, und falls
RECHNUNGsempfänger mit RECHNUNGsnummern und
RECHUNGsinhalten
durcheinanderkommen, muss WINTER SOMMER
einschalten
und eine RECHNUNG für telefonische Beratung ausstellen
nach der RECHNUNGsreklamation. Zumindest in manchen
Fällen.
Nach RECHNUNGskorrekturen und
RECHNUNGsumschreibungen haben
auch Krankenkassen von SOMMERs RECHNUNGsangaben
und geänderten RECHNUNGsbeträgen von WINTERs
RECHNUNGsschreibungsprogramm genug.
Trotz RECHNUNGsberichtigungen erhält er Anzeigen wegen
Betrug!
WINTER macht RECHNUNGsstornos. SOMMER ist am
Überlegen:
Wie kann er mit Bestechungsgeldern etwas bewegen?

Haushaltshilfe WINTER und Doktor SOMMER mit RÜBE

Doktor SOMMERs Haushaltshilfe WINTER filmt am
tRÜBEn
SOMMERnachmittag auf RÜBEnfeldern, wie RÜBEnbauer
RÜBEnack FutterRÜBEn
mit RÜBEnherbiziden, RÜBEndünger und Gülle
bombardiert. WINTER bestaunt RÜBEnacks Leibesfülle,
als er dRÜBEn mit RÜBEnbäuerin RÜBEnich
über RÜBEnfliegen, FutterRÜBEn, RÜBEnerntemaschinen,
ihren Zeckenstich,
RÜBEnkrankheiten, RÜBEnpreise, RÜBEnblattgabeln und
RÜBEnpüree spricht
und ihn dabei eine Biene sticht.
RÜBEnack erbleicht; wegen seiner generellen
Insektengiftallergie setzt er einen schnellen
Hilferuf per App ab! WINTER filmt RÜBEnack
dabei. Trotz Korpulenz ist er auf Zack!
SOMMER macht eine Kur nur mit MohrRÜBEnsaft,
futtert MohrRÜBEnscheiben und hat erstaunlich wenig Kraft.

Haushaltshilfe WINTER und Doktor SOMMER mit SCHIENE

Doktor SOMMERs Haushaltshilfe WINTER mustert
sonnenbeSCHIENEne SCHIENEnstränge
mit SCHIENEnbrüchen. Ein SCHIENEnfahrzeughersteller
ermittelt eine SCHIENEnlänge
und erklärt WINTER am Haltepunkt vom
SCHIENEnersatzverkehr
SCHIENEnköpfe, KranSCHIENEnbefestigungen,
teleskopische KnieSCHIENEn und noch mehr
SCHIENEntechnik im Allgemeinen. Neben einer
SCHIENEnfräse
teilt SOMMER mit WINTER gelangweilt Leberkäse.
Der SCHIENEnhersteller will seine AufbissSCHIENE
reinigen,
wobei er vorm SCHIENEnplan mit einigen
SCHIENEnbahnfahrerinnen, die alle ArmSCHIENEn tragen,
in Streit
gerät! Der SCHIENEnersatzverkehr steht noch nicht bereit.
Die SCHIENEnreparaturen und SCHIENEnauswechslungen
sind im Gange,
und der SCHIENEnhersteller stolpert hinter einer
SCHIENENEzange
und landet neben SCHIENEnklemmen vor fahrenden
SCHIENEnbauzügen!
WINTER zittert. Sein Anblick bereitet kein Vergnügen.

Haushaltshilfe WINTER und Doktor SOMMER mit SCHUB

Patient SCHUBerth vermacht Doktor SOMMER zwei SCHUBladenkommoden
mit SCHUBriegelschlössern und GeheimSCHUBladen im doppelten Boden,
weil SOMMER SCHUBerth stets ZahlungsaufSCHUB gewährte
und SCHUBERth SOMMERs Haushaltshilfe WINTER verehrte!
Ein SCHUBladenschrank beinhaltet SCHUBdübel,
SCHUBladenschienen, eine SCHUBlehre,
Arztbriefe über SCHUBerths SCHUBweises Fieber und schwere,
hölzerne SCHUBkarrenräder, die SOMMER herausfischt,
als WINTER hinter ihm vorbeizischt,
mit einem MotivationsSCHUB einen SCHUBs verpasst,
sein SCHUBladendenken kritisiert und in Hast
weitereilt. SOMMERs Stirn kracht gegen ein SCHUBriegelschloss.
Zwei SOMMERmonate lang vertritt WINTER den Boss!
SCHUBerth hätte sich für WINTER gefreut.
Er wurde liebevollst von ihr betreut.

Haushaltshilfe WINTER und Doktor SOMMER mit SCHWUNG

Doktor SOMMERs Haushaltshilfe WINTER fällt vom Reck
beim FelgaufSCHWUNG und landet SCHWUNGvoll im Dreck
beim Radfahren, wonach ihr SCHWUNGbein
SCHWUNGlos streikt. Während SOMMER allein
beim WetterumSCHWUNG einen EinkehrSCHWUNG am Golfplatz macht
und HüftSCHWUNG und die SCHWUNGebene trainiert, lacht
WINTER bei SCHWUNGübungen für Buchstaben und Zahlen.
Bei Gesprächen über SCHWUNGtuchspiele und SCHWUNGbänder malen
sie und Bankbeamtin WINTERsberger die geSCHWUNGene Schrift
eines Millionärs nach, wobei WINTERsberger WINTER übertrifft!
Nach kurzem KonjunkturaufSCHWUNG ist beim Millionär
trotz SCHWUNGhaftem Handels ein Konto leer.

Haushalthilfe WINTER und Doktor SOMMER mit SEIFE

Doktor SOMMER und drei SEIFEnsieder präparieren
Rennpisten;
zum SOMMERanfang veranstalten sie Rennen mit
SEIFEnkisten!
SOMMERs Haushaltshilfe WINTER geht in Geschäften
hausieren.
Ob die Inhaber MarkenSEIFEn in SEIFEnkartons spendieren,
für Rennsieger? Weil Verkäufer keine GeschenkSEIFEn
stiften,
sondern WINTER vor SEIFEnschalen mit KräuterSEIFEn
angiften,
stibitzen SOMMER, SEIFEnsieder und Winter in Geschäften
SEIFEnstücke, SEIFEnunterlagen und SEIFEnschalen mit
allen Kräften.
Dann verliert WINTER ausgerechnet vorm Bankschalter
SEIFEnstücke mit SEIFEnbanderolen und fünfzig
SEIFEnhalter!
Die drauffolgenden Zeitungsschlagzeilen: »SEIFEnkisten-
Rennorganisatoren – unsere SEIFEndiebe!«
schockieren SOMMER und stoßen auf wenig Gegenliebe.

Haushaltshilfe WINTER und Doktor SOMMER mit STANGE

Haushaltshilfe WINTER und Doktor SOMMER
transportieren RuderSTANGEn,
HühnerSTANGEn, STANGEnscharniere,
STANGEnverlängerungen, zwei von den überlangen
ZeltSTANGEn, STANGEnbrot, FahnenSTANGEnhalter und
einen STANGEnrost
am Autodach. Dem Autofahrer aus Fernost
rutschen SalzSTANGEn, STANGEnsellerie und
EssSTANGEn am Stauende
unters Bremspedal – außerdem hat er beide Hände
am Laptop, als er SOMMERs lange STANGEn
erst übersieht, im bangsten Moment bleiche Wangen
bekommt und zwei STANGEnenden seine Windschutzscheibe
einschlagen!
Busfahrer STANGElmayr kommt ins Schlingern wegen
Bremsversagen.
Geländereiter STANGEndorf filmt neben ZaunSTANGEn
eine StoßSTANGE,
das Eintreffen der Rettungskräfte und die Autoschlange.

Haushaltshilfe WINTER und Doktor SOMMER mit STÖRUNG

Doktor SOMMERs Haushaltshilfe WINTER erklärt der STÖRUNGsstelle
die TelefonSTÖRUNG und was sie als STÖRUNGsquelle vermutet. SOMMER schüttelt unterdessen mit VerdauungsSTÖRUNGen ungehalten
vor STÖRUNGsanzeigeleuchten und STÖRUNGsratgebern den STÖRUNGSanfälligen, uralten
Telefonapparat. WINTER erhält STÖRUNGstickets, STÖRUNGsanalysen, einen STÖRUNGscode
und STÖRUNGsnummern und spricht dann übers STÖRUNGsverbot
bei Versammlungen, HerzrhythmusSTÖRUNGen, UmweltzerSTÖRUNG, KonzentrationsSTÖRUNGen und STÖRUNGsursachen
bei technischen Anlagen. WINTER hört ein Krachen
in SOMMERs Behandlungsraum, während sie von STÖRUNGszeichen
im Auto, TriebfahrzeugsSTÖRUNGen und STÖRUNGen an Bahnweichen
redet. SOMMER ist derweil bei der STÖRUNGsbehebung
umgekippt. Patienten mit BewegungsSTÖRUNGen versuchen die Wiederbelebung!

Haushaltshilfe WINTER und Doktor SOMMER mit TRUMPF

Haushaltshilfe WINTER meint, dass der STRUMPFbund
der STRUMPFmaske von Bauer SOMMERach ungesund
in seinen Hals schneidet, vorm Bankschalter!
Die zerlöchterte STRUMPFsohle und ein STRUMPFhalter
belustigen Haushaltshilfe WINTER, und sie lacht.
Auch Doktor SOMMER ist besTRUMPFt, macht
den SkisTRUMPF am Bein aus roter STRUMPFwolle
ab und zaubert STRUMPFhosen, STRUMPFbänder und tolle
TRUMPFkarten heraus! Die Schalterbeamtin lässt
den SparsTRUMPF fallen, der fest
zugebunden ist. SOMMERach riecht streng nach Stall.
WINTER empfiehlt ihm Parfümgeruch beim nächsten
Banküberfall!

Haushaltshilfe WINTER und Doktor SOMMER mit TURBO

Doktor SOMMERs TURBO ist defekt!
Zwischen AbgasTURBOladern und TURBOladerwellen steckt
SOMMER neben Flaschen mit SOMMERweinen unterm
Automobil!
SOMMER liebt TURBOmotoren! Warum er jetzt viel
über Schiffsdiesel-TURBOlader und mit der
TURBOladerwelle
redet? Haushaltshilfe WINTER ist auf alle Fälle
Zeugin, als die große SOMMERlinde,
gebeutelt durch die SOMMERlichen Starkwinde,
komplett auf SOMMERs Auto kracht!
SOMMER kriecht beschwipst hervor, lacht
und erklärt WINTER, er wüsste
nicht weiter, aber jetzt müsste
ja die Versicherung den Totalschaden
übernehmen! SOMMER wankt zum Spiritousenladen.

Haushaltshilfe WINTER und Doktor SOMMER mit WARZE

Doktor SOMMER und Haushaltshilfe WINTER behandeln
WARZEnbesprecher
SchWARZEneckers Depressionen, der zwischen schWARZEn
Tagen Pappbecher
mit lustigen WARZEnschweinen, WARZEnfröschen und
WARZEnentenküken bedruckt,
in Fernsehshows WARZEnkäfer, WARZEnpflaster und
BrustWARZEnpiercings hinunterschluckt
und die eigenen FußsohlenWARZEn mit WARZEnsalbe
behandelt,
bevor er WARZEntinktur trinkt und danach schlafwandelt.
Dann ist der kauzige, selbstmordgefährdete
SchWARZEnecker losgegangen,
um im Zoo an WARZEnkröten, WARZEnchamäleons,
WARZEnschlangen,
WARZEnenten und WARZEnschweinen WARZEnmittel, wie
WARZEnlacke, WARZEnsalben
und WARZEnlösungen, auszuprobieren. SchWARZEnecker
leidet den halben
Tag an Bauchweh wegen der WARZEntinktur, überfällt
Zoomitarbeiter mit SonnenWARZEn und GenitalWARZEn
und gesellt
sich versehentlich zu tiefschWARZEn Würgeschlangen auf
WARZEnblechen.
Eigentlich sollte SchWARZEnecker SOMMERs schWARZE
WARZE besprechen!

Haushaltshilfe WINTER und Doktor SOMMER mit WITZ

Doktor SOMMERs Haushaltshilfe WINTER schWITZt
neben geWITZten
WITZezeichnern und WITZeerzähler WITZgall, die ihre
verschWITZten,
WITZig bedruckten Saunatücher in der Sauna
»SchWITZkasten«
auswringen, am verschWITZten Aufgussmeister
WITZorkiWITZ vorbei hinaushasten,
mit einem aberWITZigen WITZdieb über WITZthemen
streiten
und verschWITZt mit WortWITZ vor WITZfotos ausgleiten.
WINTER wird nach SchWITZanfällen gerade übel
und WITZorkiWITZ plumpst versehentlich der Aufgusskübel
mit dem feuergefährlichen Aufgusszusatz auf die Saunasteine.
SOMMER erklärt WINTER AntiWITZe, als die kleine
Stichflamme vor WITZorkiWITZ aus dem Saunaofen schießt
und WITZgall nach seinem SchWITZbad SliboWITZ
genießt!

Haushaltshilfe WINTER und Doktor SOMMER NACKT

Haushaltshilfe WINTER und Doktor SOMMER saunieren
splitterfaserNACKT,
als irgendeine BekNACKTe, ebenfalls NACKTe,
Alkoholaufguss auspackt,
über NACKTkulturen und die NACKTchipmontage aufklärt
und sich über die Stichflamme beschwert,
die sie auslöste! SOMMER und WINTER flüchten
ins Freie, wo ein NACKTläufer übers Züchten
von Peruanischen NACKThunden informiert. Der
NACKTläufer steht
mit bekNACKT aussehendem Lendenschurz, den's ständig
hochweht,
vor NACKTwanderern, die nach Körperschweiß riechen
und NACKTschnecken unter NACKTsamigen Pflanzen
hinterherkriechen.
Witzige NACKTszenen spielen sich zwischen unbeleuchteten
Parkplätzen
ab! In SOMMERs Augen steht NACKTes Entsetzen,
als urplötzlich Feuerwehrwagen ums Eck dahinbrausen,
wo sämtliche NACKTen und NACKTfliegen wild
durcheinandersausen!

Haushaltshilfe WINTER und Doktor SOMMER ohne HANDY

Doktor SOMMERs Haushaltshilfe WINTER verkauft erst HANDYhüllen,
um dann vor HANDYfreaks und HANDYverkäufern herumzubrüllen,
dass sie ab sofort HANDYfastet!
SOMMER führt HANDYtelefonate und ertastet
gleichzeitig HANDYdaumen und HANDYnacken eines dicken HANDYberaters,
der ihm HANDYläden empfiehlt, HANDYfotos seines Perserkaters
drauf am HANDYdrucker ausdruckt und fünfzig HANDYketten
verspricht, wenn er den HANDYshop eines netten
HANDYhändlers mit riesengroßer HANDYabhängigkeit besucht! Dann umschlingt
er SOMMERs Hals mit HANDYschnüren. WINTER überbringt
die Nachricht, dass HANDYfreaks wegen HANDYtarifen streiten.
Kann sie SOMMER ebenfalls zum HANDYfasten verleiten?

Haushaltshilfe WINTER und Doktor SOMMER ohne KOFFER

Doktor SOMMER schenkt KOFFERjungen KOFFERrollen
und lockere KOFFERbeschläge. Dafür sollen
diese Haushaltshilfe WINTERs KosmetikKOFFER,
RollKOFFER, KOFFER-Massageliegen
und KOFFERrucksäcke aus dem BusKOFFERraum zum Wiegen
zur KOFFERwaage im Flughafengebäude vorm Heimflug tragen.
Weil SOMMER und WINTER starke Kopfschmerzen plagen,
besuchen sie die Apotheke neben dem KOFFERladen sogleich.
Wahrscheinlich wollen die KOFFERjungen SOMMER einen Streich
spielen; sämtliche KOFFER sind unauffindbar! Den KOFFERverlust
meldet SOMMER in der KOFFERabfertigunshalle.Mit Mordlust
sitzt er neben WINTER beim langen Heimflug.
Weil später am KOFFERband mehr als genug
KOFFER vorbeifahren, stibitzt WINTER einen mit vier
KOFFERschlössern. Drin liegt eine KOFFERbombe auf
Butterbrotpapier!

Haushaltshilfe WINTER und Doktor SOMMER RÜHREN

Doktor SOMMER und Haushaltshilfe WINTER RÜHREN
RÜHRENd
langsam in ihren Kaffeetassen. WINTER ist federführend –
beide dichten beRÜHRENde Liebesgedichte neben
»BeRÜHREN verboten!«-
Schildern unter beRÜHRENden Gemälden. »Tut eure Pfoten
weg, das darf niemand anRÜHREN oder beRÜHREN«,
zischt SOMMER zu Kindern, die sich aufführen
und ihn deshalb aufRÜHREN. WINTERs Onkel leitet
die Gemäldeausstellung zum Thema »BeRÜHRENdes« und
bereitet
beiden zwar Freude mit Geld fürs Bewachen;
aber unterm großen Bild vom »RÜHRENden Drachen«
schläft SOMMER beim UmRÜHREN ein wegen Langeweile.
Kinder zerlegen den »RÜHRENden Drachen« in Einzelteile.
WINTER packt spontan alles Geld und flieht.
Wonach sie die Welt aus Flugzeugfenstern sieht!

Haushaltshilfe WINTER und Doktor SOMMER SCHONEN

Doktor SOMMER döst vor augenSCHONENden Monitoren.
Mit hautSCHONENder Cremeseife hinter den Ohren
übt Haushaltshilfe WINTER stimmSCHONENdes Reden und bestellt
nierenSCHONENde Medikamente und herzSCHONENde Schmerzmittel. SOMMER fällt
in fußSCHONENden Schuhen vom rückenSCHONENden Sitzsack.
Der Vertreter, der SOMMER umweltSCHONENden Lack
verkaufen will, macht angewidert kehrt. WINTER singt
stimmSCHONENd. Die zahnSCHONENden Getränke, die sie trinkt,
empfiehlt sie dem Vertreter, der hinausläuft.
Ob SOMMER am rückenSCHONENden Sitzsack säuft,
fragt ein Wartender, einer von der Ärzteaufsichtskammer.
WINTER erklärt die Vorzüge einer stoffSCHONENden Wäscheklammer!

Haushaltshilfe WINTER und Doktor SOMMER über ÄRGER

Doktor SOMMERs »Spezialpatientin« bringt Übungen zur
ÄRGERkontrolle
und zu ÄRGERbewältigung ÄRGERlicherweise täglich ins
übervolle
Wartezimmer. Ohne Termin und aus freien Stücken
kommt sie und ÄRGERt Patienten, zum Entzücken
vom bekannten Kabarettisten, dessen Programm
»verÄRGERnde ÄRGEReien«
heißt und der die Patientin zum Schreien
komisch findet! Er lässt sich den ÄRGERprozess
der gewaltfreien Kommunikation und
»ÄRGERkontrolltraining ohne Stress«
von ihr erklären und bietet ihr Bühnenauftritte
trotz ihrer ÄRGERstörungen an, was die fitte
Patientin begeistert! SOMMERs Haushaltshilfe WINTER ist
beglückt.
Das tägliche SchwarzÄRGERn machte SOMMER ganz
verrückt.

Haushaltshilfe WINTER und Doktor SOMMER über APOTHEKEN

Doktor SOMMERs Haushaltshilfe WINTER studiert den
APOTHEKENabgabepreis,
als ein APOTHEKENassistent von der Stadtapotheke,
käseweiß
im Gesicht, mit APOTHEKENmörser in der Hand,
blaubeflecktem SOMMERhemd und offensichtlich mit
verlorenem Verstand,
in SOMMERs großes Behandlungszimmer rast!
Der APOTHEKENroboter hätte alle vergast,
ruft der APOTHEKENassistent und lässt
APOTHEKENgläser fallen.
Der draufstehende Aufdruck »Nicht einatmen!« jagt allen
einen Riesenschock ein! WINTER hört, dass offenbar
im APOTHEKENlabor ein APOTHEKENeinbruch ausgeübt
worden war
und ein APOTHEKENeinbrecher, angeblich
APOTHEKENassistent und drogensüchtig,
wäre gemeingefährlich und seit dem APOTHEKENeinbruch
flüchtig!

Haushaltshilfe WINTER und Doktor SOMMER über ARBEIT

Doktor SOMMERs Haushaltshilfe WINTER ARBEITet an ARBEITsreichen
ARBEITstagen länger. Doktor SOMMER erledigt das Anstreichen
der Decke in WINTERs ARBEITszimmer öfter kurioserweise
genau dann! Einmal rumpelt WINTERs ARBEITsdrucker leise,
bevor er rattert und raucht.
Als SOMMER den Pinsel eintaucht,
hoch oben auf der ARBEITsstaffelei,
schlagen unten Stichflammen aus zwei
Lüftungsschlitzen! SOMMER unterbricht die MalerARBEITen.
Flammen lodern aus den Seiten
des ARBEITsdruckers. SOMMER kreischt und fällt!
Woraufhin WINTER einen ARBEITsscheuen
Rettungssanitäter herbestellt.

Über die Autorin:

Foto: Andreas Kandsberger

Dass ich Birgit Hufnagl heiße,
wissen Sie ja, weil's auf dem Cover steht.
Ich treibe am liebsten Sport draußen
(Radeln, Laufen und mehr …), wann immer es geht.
Über 2000 Reime sind geschrieben
und damit hat's mich auch auf Bühnen getrieben.
Ist's mehr eine Lesung von A-Z –
oder wegen der gesungenen, gelispelten und gerappten
Reime »Reimkabarett«?
Jedenfalls bring' ich alle, die sich mit Vorliebe »einen
Reim auf etwas machen«,
liebend gern als Hofnärrin Hufnagl zum Lachen!

www.birgithufnagl.de

Buchempfehlungen:

Mikro frei für Wortspielerei
Reime von Birgit Hufnagl
ISBN 978-3-95720-009-9
11,95 Euro

Haushaltshilfe Winter & Doktor Sommer
Reime von Birgit Hufnagl
ISBN 978-3-95720-228-4
9,95 €

Mondkind Memoire
Lyrik von Andreas Kümmert
ISBN 978-3-95720-256-7
7,95 €